魔豆

魔豆

除魔派對

vol. 3

烏鴉啼鳴末小吉

醉琉璃——著

夜風——插畫

目錄

人設
除魔派對
毛絨絨
毛茅&黑琅

白烏亞
高甜

時衛

楔子

夜晚的大十字路口，本該是車輛往來不絕，交通號誌正常運轉。

可是此時此刻，這個由兩條主要幹道交叉匯集成的路口處，卻呈現異常狀態。

不但毫無人車來往，甚至就連灰黑的柏油路、亮著紅光或綠光的交通號誌，還有筆直矗立在分隔島上的路燈，皆失了原本的色彩。

濃稠的深黃和漆黑鋪天蓋地地充斥了這個空間，將視野所及之處全都刷成了唯二的色調。

不，不是全然不見人煙。

在這個詭譎至極的世界裡，還有三抹人影並排在一塊。而在他們的對邊，也就是路口的正中央——

赫然蹲踞著一隻龐然大物。

戴著貓耳帽，帽簷上還掛著一副護目鏡的紫髮男孩看著那隻龐然大物，再低頭看腳邊蹲著的一坨「黑漆漆」。

果然是有比較才知道，黑琅的胖在龐然大物面前，頓時都成了嬌小可愛。

毛茅含著一根牛奶口味的棒棒糖，忍住打呵欠的衝動，一雙圓滾又眼角帶勾的金澄眸子跟著瞇起。他今天在課堂上沒睡飽，導致一絲睡意這時候忍不住衝了上來。

眨去眼裡泛出的生理性淚水，感受著甜甜的牛奶味在舌尖上擴散，他回想著這一切是如何發生的。

就在十幾分鐘前，他和另外兩位社員正在這地方進行社團的校外實習。

直白地說，就是刷地板。

噢，雖然保護環境的確人人有責，不過毛茅他們來這還眞不是爲了刷常人所認知的髒污。

他們刷的，是普通人無法看見的「黴斑」。

看似發霉的大片青黑斑紋，並非眞正的黴菌所造成，它們是一種更加棘手的污染。

有污染，就表示這裡即將誕生污穢。

自古以來，一旦土地裡積累了大量骯髒、負面的能量，就會催生出孕育污穢的孢子囊。

只要孢子囊破裂，具備著非人姿態的污穢便會降臨人世間，成爲人類眼中的，怪物。

但是在污穢降世之前，也不能放任那些猶如黴菌斑的污染現象不管。

因爲污染會讓所在地區的「運氣」遭到呑噬，使得天災人禍頻傳。

以毛茅他們現下待的大十字路口爲例。

雖然這裡車流量大，但在交通號誌的指揮下，以往沒發生過什麼重大車禍——直到半個月前，這裡出現了黴斑。

先是小車禍頻傳，緊接著是兩起有人員傷亡的嚴重意外。

所以清掃黴斑，一來是穩住該地的運氣，不讓它往糟糕的方向一路偏差；二來則是降低污染的深度，在孢子囊成熟前，找到它，搶先一步扼殺污穢。

任憑各種思緒在腦海裡歡快地奔跑著，毛茅面上還是一副悠然的神色。他用舌頭將棒棒糖往旁推了推，讓一邊的腮幫子鼓起來，接著轉頭看了看左右。

左邊，和毛茅隔了一臂距離的是身穿暗紅大衣，完全把寬肩、窄腰、大長腿都勾勒出來的高個青年。淡灰的髮色和冰藍的眼瞳給人充滿疏離和冷淡的第一印象，讓人下意識不敢親近。

但身為對方直屬的毛茅，在經過這一、兩個月的相處後，可是相當地明白。

白烏亞只是外表看起來高冷漠然，實際上卻是非常貼心又溫柔的好學長。

毛茅敢以他未來的身高拍胸脯保證。

不過現在，那名在毛茅心裡掛著「反差萌」標籤的灰髮青年，正目光專注地緊盯著那隻明顯不是現實中該存在的大貓不放。

右邊，和毛茅站得比較近的，則是一名以女性來說格外高挑，身高幾乎快超出毛茅一個頭的黑髮少女。

一頭過腰的長髮有如最高級的綢緞，柔順泛光；五官精緻、面容雪白昳麗，同時映襯得眼珠分外漆黑，嘴唇分外嫣紅，那是足以奪去所見之人呼吸的凜冽美貌。

比起白鳥亞給人的疏離感，高甜可說是全身上下都散發著冰冷的氣勢，宛如一朵由數柄利劍圈成的刃之花，只要試圖靠近，就會遭到凌厲的傷害。

同樣地，與高甜成爲吃貨盟友的毛茅，也可以用自己未來身高做保證。

高甜，人很好的！

唯一要說有哪裡美中不足，毛茅眨去眼中的那絲睡意，雙手交疊放在長柄刷的末端上，感慨著他們三人現在排出的隊型，怎麼看……

就是一個凹字形。

眞希望未來哪一天能變成凸字形啊！

懷抱著偉大夢想的紫髮男孩將目光再轉回來，繼續和那隻大大大貓對視。

比起貓咪，更適合稱之爲「怪物」的巨大存在，似乎也在觀察著面前三名人類——連塞它牙縫也不夠的黑貓被它自動無視了。

要說三人的共通點，除了身上穿的都是以暗紅色調爲基礎、裝飾著不少齒輪和鐘錶面盤的奇特服飾，以及手腕上的金屬手環外，就是他們手中所持拿的器具了。

那是清潔人員專門用來刷除髒東西的長柄刷。

和常見的木頭柄刷子不同，毛茅他們握的是和自身服裝風格統一的金屬長柄。

如果要用簡單的一句話來形容，就是高調、騷包。

污穢當然不會管人類穿得騷不騷包，它只在意一件事。

雖說面前三人小得讓它輕易就能一腳踏成肉醬，但其中兩人身上散發出一股讓它難以抗拒的香甜氣味。

眼裡燒灼著白火的貓形怪物伸出帶著倒刺的舌頭，像是感到嘴饞般舔舔嘴巴周圍。

雙方仍然安靜地對峙。

毛茅大概可以猜出那隻貓在想什麼。

它在審視獵物，判斷下一步的行動。

污穢沒有人形，但它們有智慧。

它們是危險的怪物。

沉默片刻，毛茅嚴肅開口，「學長，我知道你喜歡貓，不過這是污穢，不是貓，我覺得你還是別再和它深情相望了。如果你想要貓，我可以再借大毛給你擼到爽。放心，我會把他先五花大綁好的。」

「朕……」

黑琅惱火的拒絕甚至來不及成形，就受到毛茅眼疾手快的鎮壓。

而被戳破小心思的灰髮青年神色淡然，可眼神游移了一下，隨即又小小聲地替自己辯駁，「我知道那是污穢，我只是覺得它的毛……好像很好摸。」

毛茅摸著下巴，以挑剔的眼神打量那隻外形肖似銀灰虎斑貓的龐然大物。

唔嗯，用他這個養貓人的眼光來看……

不得不說，扣除掉那些金屬，那身皮毛看起來確實是相當柔軟滑順，似乎末端還隱約地閃閃發亮。

而且不能否認的是，這隻貓可是比毛茅當初在青蘿公園見到的那隻好太多了，起碼這隻沒有長出十幾隻腳。

「不然這樣好了。」為免白烏亞耽溺貓色無法自拔，毛茅大方地說，「要是學長覺得摸大毛不過癮，我的頭也借學長摸一下好了。我的好髮質可是有掛保證的，包准手感絕佳。」

話聲還未落下，一隻手就摸上了毛茅的腦袋，手指在髮絲裡穿梭幾下，又迅速地收回來。

「嗯，很好。」高甜面無表情地給出了相當高的評價。

受到忽視的污穢不由得怒從心起，眼洞中的火焰倏地壯大火勢。它張大嘴巴，露出森白的利牙，從喉頭裡發出了威勢懾人的一聲吼叫。

有若尖厲嬰啼的嘯聲瞬間迴盪在這處被漆黑與暗黃兩色佔據的路口，過大的音量既刺耳又吵雜。

「……貓才不這樣叫。」白烏亞眉頭瞬間微皺起來，一個小摺痕出現在他的眉心間，那語氣彷彿是受到喜愛之物的冷不防背叛。

明明只是外形像貓，但根本不是貓的污穢莫名地覺得火大。它伏低身子，尾巴豎高，鋒利的鋼爪從掌間彈出，在地上刮出一道道深刻痕跡；背部的齒輪卡卡作響，聲音越來越大，直到像雷鳴的那一剎那間——

龐大的銀灰身影竟是向左右又分裂出兩個！

三道貓影氣勢洶洶地朝獵物撒開四肢，疾奔向前，像嬰兒哭泣的尖啼同時再度逸出嘴巴。

污穢一動，白烏亞和高甜立即也跟著動。

長柄刷轉瞬改變型態。

等身高的巨劍和六把在空中如花盛開的長刀，就像流星飛掠向敵人，在夜空下帶出耀眼的光之軌跡。

白烏亞和高甜明明都不太有表情起伏，然而他們眼中卻灼著狂盛的戰意，好似兩隻出柙的猛獸。

只不過一晃眼，灰髮青年與黑髮少女就已分別逼向了其中一隻污穢。

令人大感意外的是，三隻巨貓居然分作兩邊跑，擺明只盯住了兩人。

居中的毛茅被徹底忽略，他的面前一隻巨貓都沒有。

準備要衝出，連姿勢都擺好的紫髮男孩頓了一頓。看前方空空蕩蕩，他「卡」地咬碎棒棒糖，不忘將塑膠棍塞回口袋內，畢竟愛護環境，人人有責。

「啊啊，眞讓人傷心啊，大毛……」毛茅大大地吐了一口氣，「做污穢好歹要講求公平一下，不要老是忽視這裡有個水嫩嫩、充滿膠原蛋白的男孩子嘛……對了，大毛你可不准插手，乖乖在旁邊看啊！」

那個「啊」字還在空氣中打個旋，毛茅已經將長柄刷往上一拋，清潔工具在下一秒就跟著變成了武器。

長劍落下之前，毛茅腳尖一蹬，便已像放開弦線的利箭縱躍出去，張開的手指俐落接住劍柄，一雙金亮的眸子鎖定住屬於自己的獵物。

紫髮男孩勾起了遊刃有餘又張揚的笑容。

「嘿！看我這裡啊，醜貓！」

少年清亮澄澈的嗓音，替這場戰鬥正式揭開了序幕。

白烏亞和高甜從小就接受除穢者正統特訓，毛茅則是私下將打污穢當成打工的人。在三人聯手之下，形如大貓的污穢只能被打得節節敗退，最末成爲在黃黑世界裡泛著流光的晶砂，嘩啦嘩啦地落地……

落地前又化爲烏有，闃黑的路面上只留下多枚發亮的結晶花與結晶葉。

「做得很好。」白烏亞在一臂遠的位置停步，不吝惜稱讚自己的直屬學弟。

「用劍的準頭還要再訓練一下。」高甜收回挑剔的眼神，冰冷的聲音滑過一絲愉悅，「就這麼決定了，時間你挑，地點我選，我會替你再做特……」

「不不不，不約，特訓什麼的我們不約。」搶在高甜說完話之前，毛茅飛快舉起手做投降狀，「起碼不是這禮拜。我個人建議，我們之後有機會再談這個話題，好嗎？我覺得我們可以先換另一個話題……例如，我覺得我要反省一件事。」

毛茅眞摯的語氣馬上吸引了兩人一貓的目光。

「反省你居然把朕扔在旁邊嗎？」今晚負責旁觀的黑琅三兩下跳上毛茅的肩頭，尾巴晃呀晃的，「只要回家後讓朕吃三個罐罐，朕就大肚地原諒你。噢，還不准你理會那隻宅在家裡的醜鳥。」

毛茅只是敷衍地撓了撓黑琅的下巴，話鋒直接一轉，「我必須坦承錯誤，我不該在今天社課的時候，拿手機請伊老師幫我抽ＳＳＲ卡的。」

毛茅口中的伊老師，就是伊聲。

榴華高中的保健室老師兼除魔社的指導老師，由她帶領社員實習的時候，十次總有五、六次，或更高的機率，會碰上污穢誕生。

毛茅合理懷疑，伊聲容易撞怪的運氣跑到他身上來了。

否則他們這一趟的目的明明是爲了刷地板，瞬間卻變成了打怪。

高甜和白烏亞默不作聲，但他們心裡此時也是同樣想法。

如果要確保實習順利……遠離伊聲，人人有責。

既然污穢被消滅，回收場跟著很快就解除了，四周顏色恢復正常。

由於時間已晚，交通號誌從原本的正常運作變為不斷閃紅燈的狀態，稀疏的車輛快速經過，誰也不會特別注意待在路邊的幾名年輕人。

換回便服的毛茅等人互相道別，準備各自踏上回家的路途。

可就在毛茅要轉身的瞬間，攀在他肩頭的黑琅霍然躍下，擺出了威嚇的凶猛姿態。他弓起身，尾巴豎得高高，瞳孔縮細，露出尖利的白牙，一身黑毛像炸起似的，從喉頭不斷滾出示威的吼聲。

那模樣，就像在警戒著某種不為人知的危險。

毛茅他們反射性朝黑琅戒備的方向望過去。

只見本來空蕩蕩的斑馬線上，不知何時出現了一抹嬌小人影。

倘若遠遠看過去，第一眼可能會以為是個小孩子。

但普通的小孩子，絕對不可能讓黑琅心中生起警戒——也不可能會發光。

而且這個時間點，也不該有小孩子獨自在大馬路上遊蕩。

即使是在路燈的映照下，也看不見那抹人影的五官。只能從大概的身體線條、頭髮長度，猜測出這是一名小女生。她的上半身比較清晰，下半身幾乎是一片模糊的霧狀。

而詭異的藍白色幽光，正是從她的皮膚表面散發出來。

對毛茅來說，那更像一個會發光的殘缺人體模特兒跑到了大街上。

「別過去。」白烏亞伸手攔在了學弟妹身前，「等等就會消失了。」

果然正如灰髮青年所說，才幾秒鐘的時間，那抹發光的人形輪廓就像電視出現雜訊一樣，閃現了幾下，便平空消失不見。

而在消失之前，毛茅不確定自己是不是看見那個幽光人影側過頭，臉上好似生成出一抹彎起的詭異弧度。

發光的輪廓消失得太快，好似一開始就不存在。

最終毛茅還是無法確認，從其他人的反應來看，似乎也只有他自己這麼覺得。

將狐疑拋到腦後，毛茅若有所思地望著如今無人的斑馬線，「那個，難道說就是……」

「普通人都該知道的常識。」高甜毫無起伏地說道：「過幾天會有專門講座，剛好可以給你的小腦袋瓜塞進相關知識。」

頓了一下，高甜決定爲這名重要的好朋友補充注意事項。

「講座有點長，記得帶上不會發出明顯聲音的零食或其他食物。不要試圖帶雞排或咖哩飯，它們吃起來雖然沒太大聲音，但味道太引人注意了。」

毛茅覺得還是別問高甜爲什麼那麼有心得了。

「所以，那個難道說就是……」毛茅將問題重複了一次。

「鬼。」

屬於白烏亞低沉的嗓音飄入這寂靜的夜色中。

「大家習慣稱爲鬼，正確學名則是──幽體。」

第一章

幽體。

有人握著粉筆，在黑板上一筆一畫地寫上這兩個大大的字。

待最後筆畫完成，盤著簡單髮髻的纖瘦人影轉過身來，染著盈盈笑意的雙眸望向面前的學生們。

「有些人可能覺得這兩個字有點陌生，但實際上，它指的就是我們眾所皆知的鬼。而『鬼』，只是更加口語化的一種稱呼。」

「電影、電視或小說中，常常習慣把鬼描寫成人類死後遺留在世間的靈魂，有著自主思想，因爲懷有強烈的不甘怨恨，想要報復仇人，才會無法離開人世。」

「事實上，我們都知道——並不是這樣的。」

那是看起來約莫二十來歲的年輕女子。她的髮絲是亞麻色的，細框眼鏡後的眸子則是溫柔的紫羅蘭色；妍麗的五官搭配淺淺的微笑，讓人舒心不已。

一雙鞋跟近十公分的高跟鞋，將她本就修長的個子拉得高挑挺拔，剪裁合身的銀灰色套裝更是把高雅和英氣完美地揉和在一起。

講桌上放著一塊三角金屬名牌，「關依月」三個大字整齊地書寫在上。

專門用來舉辦講座或是召開研討會的大教室裡，如今正聚集著兩個班級的學生，分別是一年五班和一年六班。

與平常上課時的意興闌珊截然不同，坐在階梯座位上的學生們無一不是精神抖擻、眼睛發亮，不管男女皆專心致志地緊盯著講台前的客座講師不放。

對於這些才十五、六歲的少年少女們來說，既溫柔又令人充滿安全感的大姊姊，簡直就是枯燥學校生活中的瑰寶！

感謝學校、讚歎學校！

林靜靜再次深深感受到，美色的力量果然是強大的。

沒有加上「最」這個字，只因爲對某人而言，一張臉估計都還比不上一包海苔口味的洋芋片。

趁著講台上漂亮的女講師又轉過身，在黑板上書寫起說明細項，林靜靜迅速摸出自己的手機，點進了遊戲頁面。

新任務還沒發布，今天大概刷不出什麼禮物了。

養男人也眞不容易啊……

林靜靜看著頁面上少少的金額數字，惆悵地跳出遊戲，猶豫著自己該不該狠下心來再課金一把。

內心的兩個小人打了起來，最後兩敗俱傷，雙雙趴倒在地。

是不是該換養青蛙了？聽說養青蛙就像養兒子，不過這兒子很好養，完全不用多花心力，但想想男人們的驚人美貌……

承認自己就是外貌協會的林靜靜，還是果斷決定繼續在養男人這條路上向前走。

將手機開成錄音模式，記錄著今天的講座內容，留著黑色短翹鬈髮的少女推推滑下鼻梁的粗框眼鏡，瞄了下旁邊的位子。

那裡乍看下像有人蓋著外套，趴著打瞌睡。

不過只要近距離觀察，就會發現那原來只是個障眼法。

原料：外套加包包，加一些雜七雜八的東西。

製作者：林靜靜。

委託者：毛茅。

粗糙的遮掩其實很容易被看穿，不過也幸好來自校外的講師們，通常都會對學生的開小差睜一隻眼、閉一隻眼。

而那位熱愛洋芋片的委託者先生，目前遲到中，尚未抵達學校。

回想起講座開始前，來自紫髮男孩的訊息，林靜靜就忍不住想扶額嘆氣。

身為副班長的她，怎麼可以被毛茅一句話誘惑呢？就算毛茅這幾天幫她抽卡的手氣真的是好到爆，但是、但是……

但一想到那句自信滿滿的「我可以幫妳抽到ＳＳＲ卡喔」，林靜靜還是很可恥地屈服了。

「哈囉，靜靜。」

壓得細小的聲音冷不防傳進林靜靜耳中。

林靜靜嚇得差點驚叫出聲，還好她記得現在仍在課堂上，才沒做出引人注意的舉動。她摀著嘴，吃驚地扭頭往聲音來源一看，大睜的黑眸裡倒映出熟悉的身影。

紫髮男孩不知道什麼時候出現在隔壁，一雙金澄的大眼睛炯炯有神，頭頂還翹起一綹髮絲，替代用的假人早被他迅速拆解完畢。

「我還以為你不會來了。」林靜靜用氣聲說。

「高甜交代過，這門講座很重要。」毛茅也用氣聲回答。

聽見「高甜」兩字從毛茅嘴裡跑出，林靜靜覺得這世界有一絲玄幻。

榴華學生眾所皆知的大小姐，對人特別冷漠、還討厭與人接近，高甜居然會特別叮囑毛茅？

林靜靜驀地又回憶起之前他們在秋河堂遇上高甜時，後者把一個號稱是不小心多點的草莓鮮奶油蛋糕直接送給了他們，還多提了一句毛茅必須吃最多才行。

林靜靜敢發誓，那個蛋糕絕對不是不小心多點。

眞相只有一個！高甜一開始就是要請毛茅吃蛋糕！

「你這魔性之男……」最後，林靜靜十分感慨地下了結論。

「哎？」毛茅不解地歪下腦袋。

即使林靜靜和毛茅的聲音壓得相當輕，然而講台上的苗條女性卻在下一秒精準地朝他們看去。鏡片後的那雙紫蘿蘭色眼睛一派柔和，就連噙在唇畔的笑意也是平易近人。

但林靜靜就是覺得自己是被蛇盯上的青蛙，頭皮不禁一陣發麻。她連忙閉起嘴巴，擺出最端正的坐姿，不敢再分神與毛茅閒聊。

關依月的視線很快就滑過林靜靜，落至毛茅身上。

紫髮男孩看起來一點也沒有遲到的心虛，態度自在得很。察覺到那道移轉向自己的目光時，還露出一抹明朗的笑容。

關依月的視線轉眼又收了回去，彷彿只是不經意地滑過那處，但唇畔的笑意在這一刻卻是加深許多。

「認識幽體」的專門講座繼續進行下去。

雖說大多數人自小就被灌輸過有關幽體的基本知識，但進入高中後，各校仍舊會爲他們的一年級新生舉辦類似課程。

榴華高中自然也不例外。

除了怕心智未成熟的孩子們容易被市面上的小說、電影、電視劇誤導，得到錯誤觀念，還有另一個更重要的原因——

「經研究指出，青春期的少年少女因荷爾蒙躁動，容易散發出與幽體波長相合的能量波，所以才會是最常見到幽體的一個族群……沒錯，就是像你們這年紀。不過別擔心，這個所謂的『常』，大概就是一所學校裡，可能只有兩三個人有機會碰上幽體而已。」

關依月放下粉筆，回到講桌前，雙手撐在上面，身子往前微傾。她的視線像充滿著力量，令人不由得產生信服感。

「畢竟能看見幽體的機會實在太稀罕了，機率就和中彩券頭獎或走在路上被雷劈到差不多低。好了，我知道大家多少對幽體都有幾分了解，不過該告訴你們的，依然要告訴你們，這是你們必須學習的東西。如果我有哪裡講太快，請直接提醒我沒關係。」

對著兩班的學生露出溫煦的笑容，關依月不疾不徐地開始解說，充滿抑揚頓挫的優美嗓音迴盪在大教室內。

眾人莫不是聚精會神地聆聽著。

早在多年以前，科學界就證明了幽體只是人死後留下的殘餘能量。

即使它們仍保有大致的人形輪廓，卻不具備意志和思考能力，與生前一切並無任何關聯，可以說是一種獨立的存在。

事實上，要親眼見到幽體並不容易。只有在非常罕見的狀況下，它們才會產生。基本上也沒什麼危險性，一旦時間到了，那股能量自然而然就會消散無蹤。

也正因爲幽體是純粹的能量，所以它們一成形，就得先找個憑依體。換句話說，就是要找個實體物品來依附。

無視林靜靜震驚的視線，毛茅一邊以著高超的技巧，無聲地偷吃起塞在抽屜裡的洋芋片，一邊將關於幽體的重點做了個整理。

依照美人講師的說法，幽體基本上沒有危險性。

基本上。

毛茅若有所思地瞇起眼，那三個字可不是一個擁有確切含意的字眼。

也就是說，在某些特定的情況下……幽體其實還是會對人造成危險的嗎？

還不待毛茅釐清一個思路，一道清脆的掌聲就讓他反射性地看向聲音來源處。

「待會我們就來看個幽體相關的影片。」關依月說，「噢，對了。如果看見幽體，務必要記得，千萬不要撿拾它周遭的任何東西，就連一朵花、一塊石頭都別帶回家。」

頓了一頓，氣質高雅的淺髮女子微微一笑。

「除非你們想帶幽體回家。」

影片長度不長，中午下課鐘聲甫一響起，大布幕上的畫面便跟著暗下。

關依月從位子上起身，交代了幾句話，接著便向兩班的學生們宣布下課。

大夥還有些依依不捨，但最後美色的魅力終究是輸給了午餐。

一群人呼啦啦地離開了大教室，沒一會兒，就只剩下林靜靜和毛茅。

林靜靜邊收拾東西，邊隨口問，「毛茅，你中午打算吃什麼？」

「嗯……」毛茅略做思考，再一攤手，「其實我來學校前，就跑去嗑了豪華炸雞餐。」

「什麼？」林靜靜驚恐地睜大眼，「你眞的把毛絨絨給炸了!?」

毛茅哭笑不得，「靜靜，妳想到哪邊去了，是貨眞價實的炸雞，我怎麼可能把毛絨絨吃掉？我是那麼喪心病狂的人嗎？要吃，也是家裡眞沒備用糧食的時候再吃嘛。」

林靜靜無聲地用眼神指控：顯然你確實是。

在兩人說笑間，一道聲音忽地喊住了他們倆欲離去的步伐。

「林靜靜同學、毛茅同學。」

被點到名的兩人下意識回過頭，瞧見有著亞麻色長髮的女子正笑吟吟地看著他們。

隨即短髮少女和紫髮男孩才反應過來，對方竟是準確地喊出了他們的名字。

「難不成這位漂亮老師也和校長一樣，興趣是背全校學生的名字嗎？」毛茅小聲地問著身邊的八卦王。

「我覺得有校長那種興趣的人應該不多。」林靜靜同樣滿心納悶，最後只能歸咎於是毛茅上課偷吃洋芋片被發現，讓關老師特地查了他的名字，而自己只是被牽連的無辜人士。

關依月很快就解答了他們的疑惑，「你們都是除魔社的社員對吧？我和你們澤蘭校長是朋友。」

林靜靜頓時恍然大悟。

毛茅卻比她想得更多一些，「關老師也是協會的人嗎？」

協會？哪個協會？林靜靜起初一頭霧水，好半晌才意會過來，毛茅指的是除穢者協會。她張大眼，吃驚地望著面前氣質高雅、外貌亮麗的淺髮女性。

除穢者，一般人並不曉得的存在，負責打倒名為「污穢」的怪物。

平時有事沒事則是負責刷地板，清除會培育出污穢的黴斑。

假如不是剛開學時曾捲入相關事件，之後還成為了沒掛名的除魔社社員，林靜靜相信自己恐怕永遠都會對這塊神祕的圈子一無所知。

「我是。」關依月沒有否認，「可以請你們帶我到澤蘭的實驗室去嗎？他手機打不通，我猜他應該正抱著他的寶貝實驗不放，我都要擔心他哪天打算和他的燒杯結婚了。」

「也可能是試管。」毛茅提出另一個可能性。

「這可真是一段不健康的關係……」關依月搖頭嘆息，覺得自己為這名朋友真是操碎了

心，「那麼，兩位同學方便嗎？」

關依月的笑顏充滿魅惑性，林靜靜差點就點頭說好，要不是她及時想起對方打算去的是實驗室。

那個在林靜靜心中，簡直和邪惡基地劃上等號的地方。

「我我我……我其實不算正式社員，所以就交給你了，毛茅！」林靜靜霍地拍上毛茅的肩膀，「我和凌小淨約好要吃飯聊八卦，先走了！」

最末一字的尾音都還沒消散，林靜靜已先一溜煙地跑了。

快得連毛茅都來不及抓住他那失去同學愛的副班長。

「可以嗎，毛茅？」關依月好脾氣地笑著問，不忘從自己的包包裡拉起某個物品的一角。

毛茅本來就圓亮的大眼睛，登時像是小燈泡「啪」地亮起。

關依月的包包裡，居然放著一包超超超限定的七色洋芋片！

毛茅霎時激動不已，他面露渴望地直直盯著那包洋芋片不放。不是熱愛洋芋片的人根本不會知道，那是多麼稀有珍貴！

就算從外表包裝看，就和普通洋芋片沒兩樣，但是、但是……

七色洋芋片裡面，可是有七種不同顏色和口味的洋芋片啊！

紫髮男孩整個人身上只差沒寫著「給我給我，求妳給我了」，甚至他頭頂上那綹容易被人稱呼爲「呆毛」的小鬈毛，也熱烈地晃了晃。

「這是謝禮喔。」關依月拿著洋芋片晃了晃，好笑地發現那雙金亮的大眼睛也跟著洋芋片的位置骨碌轉動。

毛茅瞬時挺直身子，朝氣滿滿地比了一個敬手禮，「報告老師，請讓我帶妳過去吧！無論如何都請讓我幫忙！」

要是黑琅在場，他一定會氣急敗壞地用貓掌拚命拍打毛茅的褲管，怒斥身爲他的鏟屎官，怎麼可以如此不經誘惑！自尊呢？堅定的立場呢？

不過就算黑琅眞的在場了，毛茅也會笑容滿面地說，和洋芋片比起來，自尊和立場算個毛線球呀。

況且他心中的小人也在大力附和，他們從來就不做有自尊的事！

抓好齒輪背包的肩帶，毛茅覺得自己下回要請高甜吃東西了。

如果不是高甜交代講座要聽，他就不會來學校。要知道，他本來都做好蹺課的準備了。而如果他沒來聽講座，就不會觸發帶客座講師前往澤蘭實驗室的任務，更不用說獲得任務報酬了。

想到那包華麗的洋芋片，毛茅吸溜地吞了一下口水，表面上仍維持著不顯山露水吃貨，就是平時要讓人看不出吃貨的本質。

中午時分的社團大樓，一向熱鬧萬分。

不少學生喜歡拎著午餐到各自所屬社團的辦公室，與學長姊、學弟妹增進感情，或是把握時間商討社團事宜。

除魔社的社辦就在五樓，明明只有一個社團，卻獨自霸佔了整層樓。

想到除魔社社長的花錢不手軟，和對想要的東西都是「買買買」的豪氣態度，其他社團即便是想嫉妒也嫉妒不起來了。誰讓人家先天條件特別好，而且有時候他們也能分到一杯羹，獲得一些額外的利益。

例如冷暖空調啊、小冰箱啊、咖啡機啊……這些設備，學校可是捨不得撥給他們的。

能夠成爲社團領導者的人，哪個不是精明人物。他們每一年都不會忘記叮囑底下的學弟妹們，千萬記得要和除魔社打好關係。

雖說在學校登記的正式名稱是除污社，但恣意書寫在五樓大門的「除魔社」三個大字，無疑表露了他們更中意的是這個名字。

不知不覺中，榴華大多的學生在談及這個神祕社團時，都會稱爲除魔社。

對此，社長時衛是很滿意的。他可一點都不喜歡「除污社」這個沒半分氣勢，還容易被誤認爲是清潔社團的名字。

為了節省時間，毛茅領著關依月坐電梯，直達五樓。

一般學生怎麼按都不會有反應的五樓數字鍵，只要感應卡一刷，就能順利亮起。

一路上，唯一讓毛茅感到不解的，大概就是關依月總是用莫名慈愛的眼神注視自己。

當然是像關愛小輩那樣。

與自己平時用關愛智障般的眼神看著大毛完全不一樣。

不過被漂亮大姊姊關心的感覺很不錯，關依月沒有說明的意思，毛茅也就不打算特別開口詢問。

電梯門一打開，迎面而來的是一片安靜，與下方鬧哄哄的樓層截然不同。

「謝謝你呢，毛茅。」關依月微笑地說，「接下來我自己去實驗室找澤蘭吧。來，這是給你的謝禮。」

毛茅對此完全沒意見，如果不是必要，他一點也不想踏進那裡一步——澤蘭對他隱性肉體的覬覦，從入學到現在都還沒消失過。

待關依月走至實驗室門前，毛茅才收回目光。他鄭重無比地將七色洋芋片收進背包內，隨後才推開半掩著的社辦大門，食物香氣與快節奏的樂聲登時一股腦地撲向了他。

室內最為華麗舒適的那張座椅正背對著門口，看不見後頭坐著誰。不過從扶手處露出的那截手臂來看，就能判斷出坐在那張椅子內的，肯定是除魔社的社長。

毛茅可以用他家大毛的肚子肉打賭，時衛又沉迷遊戲之中了。

而香氣的來源……

容貌昳麗的黑髮少女端坐在桌前，手裡拿著一塊塗滿厚厚奶油加花生醬的厚片吐司，面前還放著另一片，和一杯冒升熱氣的可可亞。

濃郁的食物香氣瀰漫在這個空間裡，勾得人食指大動。

但比起被香氣吸引，毛茅第一眼注意到的是擺在另一邊櫃子上的大盤子，盤裡擺著一整排切好並抹好醬料的厚片吐司。

小烤箱裡亮著燈，有一片吐司正在裡頭烘烤。

這景象一看就能明白。

高甜想把整條吐司準備烤來吃，吃完一片烤一片。

紫髮男孩一踏入社辦，高甜就發現到對方。留意到對方的目光落至自己的食物上，她沒有停下用餐的動作，只是空出了一隻手，將桌上的吐司往對方推過去，再豎起食指，表示可以分一份給他。

只能一份。

再多不行。

解讀出高甜意思的毛茅也不客氣，發育中的青少年就是要多吃才長得高嘛。

高甜滿意地點點頭，順便伸手拍了拍旁邊的空位，要毛茅坐下。

「烏鴉學長呢？」毛茅邊吃邊問。

習慣與人保持距離的白烏亞，中午通常都會選擇到社辦挑一個角落默默地吃飯。今天沒看到人，讓毛茅不禁有幾分好奇。

「來了，被伊老師叫走了。」高甜說。

「原來如此啊。」毛茅表示了解地點點頭。

高甜不是會主動提起話題的人，見毛茅垂眼專心咬著厚片吐司，她也就繼續享用自己的午餐。

她的吃相一如以往地優雅快速，讓旁人看了都覺得她無論做什麼事，都美得像幅畫似的。

而現在，這名如畫的美少女其實正藉著身高的優勢，光明正大地欣賞著身邊男孩的吃相。

毛茅捧著吐司啃的模樣，讓她想起了小倉鼠。

尤其那鼓鼓的腮幫子，想捏。

高甜將微微發癢的手指搓了搓，壓下心底的那點小心思。

「對了，小不點。」下一秒，時衛慵懶又華麗的嗓音從他的專屬座位那邊傳來，「恭喜你升級爲除魔社的正式社員，可以去領新的道具了。」

「……哎？」毛茅努力嚥下最後一口食物，圓滾滾的眼睛掩不住訝異，「我不是早就是社員了嗎？」

「錯，之前你頂多算剛出新手村的初心者。」時衛說，「現在等級升了，可以轉職了，從初心者成爲除穢者實習生。反正你就當作自己通過了試用期吧，剩下的烏鴉會告訴你。」

「我的直屬被伊老師召喚過去了。」毛茅說。

「那就換花梨。」時衛想也不想地拋出第二個人名。

「木學姊不在社辦啊，社長。」毛茅提醒。

「啊啊，眞麻煩……小不點，你自己去澤老師的實驗室吧。」當澤蘭的名字跳出來，就表明時衛對這話題失去了耐性，才會簡單粗暴地把責任推到指導老師身上。

毛茅皺著臉蛋，「那我估計就走不出來了。社長，我覺得你可以先轉過椅子，看清楚社辦裡還有哪些人在啦。」

「我還在。」把一整條吐司吃完的高甜淡然地出聲，「我可以教。」

把責任甩出去的時衛從椅背後伸出一隻手揮了揮，作爲拍板定案的宣告。

高甜做事態度一向不拖泥帶水，她直接向毛茅索要手機，待手機一入手，立刻就飛快地在螢幕上完成一連串動作。

毛茅睜大眼睛，看見高甜替他下載了一個名爲「刷一刷」的ＡＰＰ。

「這是除穢者專用的手機程式，實習生也可以使用。」高甜解說時，語氣依然冷若冰霜、缺乏人氣，可聲音清冽得像玉石敲擊、像泠泠溪流，在聽覺上無疑是種享受，「還沒被認定爲正式實習生之前，就算下載了也登不進去。」

「也就是說，在之前的一、兩個月……我是無法使用這個ＡＰＰ的？」毛茅迅速抓到重點。

「對。既然現在是了，點開它，跑出登入頁面後，輸進你的高中還有學號，就可以通過認證，你自己輸入一下。」

毛茅依言輸入資料，果然馬上成功登入。

跳出來的頁面充斥著各種金屬齒輪還有寶石裝飾，彷彿深怕別人不知道何謂華麗高調。

毛茅沉默一會，「這個程式……和社長有什麼關聯嗎？」

這個風格，這個不炫耀就會死的土豪氣息，他想來想去，只能想到一個人。

「喔，是我們家負責開發的。」時衛終於願意轉過他的椅子，他手支下巴，隨意地說。

「再來就是……等等。」似乎是覺得這樣說明不方便，高甜乾脆起身。見毛茅下意識也想站起，她按住對方的手臂，示意他不用動。

高甜站在毛茅背後，俯下身，伸長的手臂越過對方的肩頭。

乍看之下，就像是黑髮少女將紫髮男孩圈在自己的懷抱裡。

本來要繼續沉迷遊戲，當個網癮美青年的時衛挑高了眉梢，白皙的指尖往相機圖示一戳，

將這對他而言相當有趣的畫面拍下來作爲紀念。

高甜簡單地講解了「刷一刷」的各塊版面和使用功能。

這是一款爲除穢者與實習生量身打造的手機ＡＰＰ，有聊天專區、情報專區、知識專區等等。

使用者可以從地圖上尋找離自己最近的除穢者幫忙，也可以在上面接收協會或其他人的資訊情報，另外也有除穢者在尋找工作搭檔。

「高甜，這個是用來做什麼的？」毛茅眼睛驀地一亮，注意到有一個小圖示上標明著「偵查小助手」。

高甜的視線移到圖示，「小助手是用來偵測污穢的大概出沒地。污穢一旦誕生，就會引發強烈的能量波動，小助手會以使用者的位置來做定位，在一定距離內偵查是否有波動出現，讓除穢者用最快速度趕去。」

高甜特別加重了「除穢者」三個字。

言下之意，就是實習生不准去湊熱鬧。

毛茅表面裝得乖巧，內心已經爲這個功能大聲叫好。這樣他就可以更方便進行他的夜間打工大業了，再也不用靠手遊的抽卡來判斷當日運氣。

毛茅忽地想起一件事，「高甜，上回的長髮公主……」

高甜不帶情緒地說，「那段時間我把它卸載了。」

一人問得輕巧，一人回答得簡潔；倘若讓其他人聽見，似乎會覺得有如墜入雲裡霧裡。

也唯有毛茅和高甜，知道彼此說的是什麼。

之前對長髮公主的追捕中，高甜並沒有利用偵查小助手來尋找對方的蹤跡——她把那個APP暫時卸載了，為了防躲蘇枋的各種騷擾。

突來的一道敲門聲打斷高甜再開口的欲望，她挺直了背，與時衛、毛茅一同看向了門口。

盤著簡單髮髻、戴著細框眼鏡、五官淡雅知性的美麗女子站在門邊，倚著門板、一手還握拳尚未收回，亞麻色的髮絲在日光照耀下泛著柔光。

毛茅還沒開口，就聽見另一道聲音率先響起。

「關姨？」時衛放下了他的手機，從他的專屬座位上站起來，「妳什麼時候來的？」

「叫姊姊。」關依月笑吟吟地糾正，「你們這裡還是一如以往地豪華哪。」

毛茅敏銳地察覺到關依月的笑臉下藏有一抹殺氣。

「關老師。」時衛沒有如關依月所希望地喊她姊姊，但也從善如流地換了一個比較安全的稱呼。

「關老師。」就連高甜也有禮地打了聲招呼。

「我是來找澤蘭的，不過你們澤老師顯然不在實驗室裡。」關依月說，「是毛茅帶我過來

的。他很不錯，怪不得凌霄以前總愛炫耀自己的兒子。」

「關老師也認識我爸爸？」這下子，毛茅是真的吃了一驚。

「關老師是除穢者協會的副會長，協會裡大概沒有她不認識的人。」時衛簡短地說明。

毛茅可沒想到，被請來他們學校的講師，竟然還是除穢者協會的第二號人物。

「有關幽體的講座，澤老師通常都會找關老師過來。」時衛說。明明兩人他都稱為老師，但第一個聽起來完全沒有尊敬之意，反而嫌棄不已，「關老師很了解幽體，之後幾堂社課也會請她幫忙。」

「副會長不會很忙嗎？」毛茅不解地問。

「要說忙，當然還是很忙，不過來你們這的時間還是有的。」關依月笑著說，「會長和副會長這兩個頭銜聽起來很威風，但實際上，我們兩個更像是處理所有雜事的打雜工。各部門有各部門的專業，我和會長是都懂、都會，可也不到專精的地步。」

「社課方面，要再麻煩關老師妳找伊老師和澤老師商量了。」時衛話裡透出的意思就是他不想管，別給他增加工作量。

「我晚點就會去找伊聲了。」關依月說，「我只是想問問，你們知道澤蘭去哪裡了嗎？」

剛要踏進社辦的藍髮男子，有點意外會聽見自己的名字。

「誰找我嗎？」澤蘭揚聲問，「是毛茅終於要為科學犧牲奉獻了嗎？」

「澤老師，還是白天就不要作夢啦。」毛茅露出一張可愛的笑臉。

澤蘭臉上露骨地閃過失望，可是當他對上關依月的紫色雙眼時，他腳步一頓，本能地察覺到某種警告。

「我忽然還有事，今天就先提早下班了。」澤蘭溫溫和和地說，隨後果斷地轉過身。

關依月豈會讓目標人物溜走，她今天就是專程來堵他的。

「澤蘭，你別想跑！」關依月馬上邁步往外衝，那雙十公分高的細細鞋跟在地板上敲擊出緊迫盯人的篤篤聲響。

聽在澤蘭耳中就像索命鐘聲，他連忙從急步走改成奔跑。

「等等，澤蘭！」關依月抓著一本書在空中揮舞，腳下速度飛快，絲毫不受細跟高跟鞋阻礙，「這是我最近買的書，完全就是爲了你這個沒異性緣的單身狗所寫！再不把自己推銷出去，你肯定會滯銷的！我還帶了同事女兒和兒子的照片！」

也幸好五樓就只有除魔社一個社團，要不然榴華高中校長被催婚的事，恐怕在一日之內就會傳遍學校了。

「我拒絕！我的愛都獻給科學和眞理了！」澤蘭頭也不回地高喊。

「科學和眞理能給你暖床嗎？能和你一起看星星、看月亮、談人生嗎？」關依月恨鐵不成鋼地嚷。

節。

「依月妳自己明明也單身！」

「我有未婚妻了，我們只是還沒結婚！」

湊到門邊觀看這場追逐戰的毛茅看得目瞪口呆，還忍不住從嘴裡發出一聲「哇」的驚歎音節。

爲關依月那雙高得驚人，簡直像只用一個點支撐的高跟鞋。

「關老師穿那麼高的鞋子，居然還能跑得那麼快……不覺得高跟鞋充滿著危險嗎？」假使把那雙鞋子換套到自己腳上，毛茅不用想，都能預知到自己直接崴到腳的下場。

「不危險，高跟鞋穿上可以敏捷加十。我能穿它跑贏烏鴉學長。」高甜雲淡風輕地說。

毛茅敬畏的目光頓地轉移到高甜身上，「我以前看過一部電影，裡面的女主角穿著高跟鞋跑贏恐龍，我還以爲是誇張呢……原來眞的能做到啊，這可眞是太厲害了。」

「普通厲害而已。」高甜覺得要展現一點謙虛。

將他們一番對談都收入耳中的時衛深思地摸著下巴，開始考慮以後他們除魔社是不是該安排個穿高跟鞋衝刺的訓練，讓每個社員都能達到敏捷加十。

噢，當然是不算他在內。

反正他虛，練也練不起來的。

第二章

學生的假日就是要拿來虛度光陰，在家裡悠悠閒閒地度過。

對毛茅來說，這話再直白一點的解釋就是——

讓他在家當一個頹廢的美少年吧，最好左拿小黃書、右拿洋芋片，人生就是要這麼度過才有意義！

不過計畫總是趕不上變化。

看著手機收到的訊息，紫髮男孩不禁認真地懷疑起，他們社團伊老師的運氣是不是真的強到無話可說。

他明明只是幾天前請伊聲幫他抽個卡，沒想到真抽到等級最高的ＳＳＲ卡不說，還讓他當天的社課從簡單的刷地板，變成難度暴增的打污穢。

而現在……他居然還中獎了!?

毛茅略帶一絲敬畏地將手機舉得高高，一雙金澄色的眼眸閃閃發光。

雖說他喜歡參加臉書上的各種轉發抽獎活動，但從來就沒有被抽到過，直到這一次。他記的很清楚，他轉發的時間正巧就是請伊聲幫忙抽卡的那一天。

現在，來自主辦單位的訊息清清楚楚地告訴毛茅，他中獎了。

他獲得「竊竊詭語鬼屋」的雙人行免費票券。

就算他對鬼屋其實沒有太大的熱情，但中獎的滋味……毛茅得老實說，就是爽。

「什麼？什麼？毛茅你的手機怎麼了嗎？」窩在沙發一角的雪球鳥好奇地仰高腦袋，充滿求知欲地發出疑問，「你的手機變成可以吃的食物了嗎？」

「吃你都不會吃手機，蠢鳥。」一個龐然大物毫不客氣地無視毛絨絨的存在，「啪」地把他壓在肚子底下，讓雪球當場成爲一攤氣弱游絲的「雪餅」，「毛茅，你愛上你的手機了？朕告訴你，人機戀是不會有好下場的，愛那破玩意不如愛朕，愛朕就是要給朕加餐！」

黑琅的一串話說得流暢又沒打結，顯然早在心中醞釀許久。

毛茅將舉高的手放下，回頭對自家胖黑貓咧嘴一笑，「作、夢。」

那冷酷如嚴冬的話語，深深傷害了黑琅的心。

體形壯碩，任誰看都覺得營養過剩的大胖黑貓決定扭過頭，高傲地一甩尾巴，不理會自己的鏟屎官五分鐘。

就算毛茅願意撓他下巴，他也要堅持三分鐘內完全不理人！

毛茅可不管黑琅是不是在鬧彆扭，他看見那坨黝黑的肚子肉底下冒出了丁點的白，乾脆好心地伸出手，幫忙把那攤扁扁的「雪餅」拉了出來。

毛絨絨粗喘著氣，抖了抖翅膀和羽毛，才終於讓扁掉的身軀重新膨脹成一顆飽滿的球。確定自己身上沒有哪一處塌陷，毛絨絨鬆了一口氣。他可是相當看重自己的美貌的，爲了不讓球變餅的慘劇再次發生，他身上乍現白光。

下一秒，給人軟綿綿印象、彷如用棉花和白雪堆砌成的白髮少年，平空出現在沙發上。

「沒事吧？」毛茅關心地問道。

「沒有、沒有……」被關心的毛絨絨感動極了，水藍色的眼睛迅速染上薄薄的霧氣，鼻尖和眼角都有些泛紅，「嗚嗚，毛茅，我就知道你果然是愛……」

「我」字都還來不及成功擠出，就被耳朵利的黑琅大怒地一掌巴斷。

「誰讓你勾引毛茅的！信不信朕霸凌你啊？」黑琅吊高金眼，那張黑漆漆的臉擺出了一副「朕超凶」的表情。

被賞了貓貓拳的毛絨絨只能有苦說不出。

嚶嚶嚶，你明明已經霸凌人家了啊，陛下……

但只要想到自己在家中的地位，再想想黑琅的獨裁暴力，毛絨絨只好維持哀怨的姿勢，淚光閃閃地覷著毛茅，冀望從這個家眞正的一家之主那裡得到些許平反。

一家之主對那雙水汪汪的藍眼睛視若無睹，直接跳到下一個話題。

「我當然沒跟手機戀愛，要愛也是愛我的洋芋片。」毛茅一回想起之前從關依月那收到的七色洋芋片，就忍不住想舔舔嘴巴。

那滋味，眞的是……果然不愧是超超超夢幻限定商品！

毛茅想，下禮拜要是再見到關老師，他肯定要爲對方比個心心的。

「回神、回神。」黑琅用厚實的肉墊拍著毛茅的大腿，「既然不是要人機戀，你的手機到底是怎麼了？」

「嘿嘿嘿。」毛茅忽地露出一抹神祕的笑容，「大毛，你絕對想不到的，我啊……中獎了！」

中獎？黑琅和毛絨絨立刻精神一振。

「中什麼獎？免費環遊世界嗎？」

「一年份的菲力牛排嗎？」

「還是鱘場蟹罐罐終身吃到飽？」

面對一人一貓連珠炮的追問，毛茅搖著食指，「錯錯錯，都不是。是竊竊詭語鬼屋的入場券喔，還是雙人行的呢。」

黑琅和毛絨絨一點也不給面子地露出了大失所望的表情。

毛茅可不管他們的失望，他興致勃勃地上網查起了鬼屋的地點，是在一座新興的文創園區裡面。

緊接著毛茅眼神一亮，他發現到花曜文創園區還以貓咪聞名。

裡頭有不少被照顧得相當好的流浪貓咪，不怕人，還願意讓遊客摸摸腦袋或撓撓下巴。

當然，園區裡也有工作人員四處巡視，防止不肖遊客對貓咪做出傷害的行爲。

看到有貓，毛茅第一個想到的就是自己的直屬。

白烏亞。

喜愛貓咪，但似乎總被小動物排斥的烏鴉學長，一定會喜歡這個地方的。

從入學開始就備受白烏亞照顧的毛茅，也想要好好地回報對方的善意與溫柔，眼下這無異是個絕佳的機會。

心動就要馬上行動。

毛茅即刻撥打手機給白烏亞，只要對方今日有空，就能帶他前往花曜文創園區好好擼貓，順便逛鬼屋了。

「喂喂？烏鴉學長嗎？」手機另一端很快就接通了，毛茅笑嘻嘻地說明來意，等待著對方的回應。

對貓有著強烈熱愛的白烏亞二話不說地答應了，還特別叮囑毛茅，既然鬼屋的票是他出的，那麼今日午餐就由自己包辦。

對此，毛茅一點意見也沒有，有來有往才是增進雙方感情的不二法門。

這回學長請，下回就換他再請回來吧。

心情愉悅地結束通話，毛茅一抬頭，瞧見的就是胖黑貓不爽的臉和白髮少年泫然欲泣的眼神。

「怎麼了嗎？」毛茅耐心地問。

「你居然要跟那隻烏鴉去？對朕的愛呢？」

「毛茅，你一定是不愛我了嗚嗚……」

「愛暫時擱淺了。」前一句是毛茅對黑琅說的，後一句則是對毛絨絨，「從沒愛過。」

看著一貓一人都是一臉震驚，毛茅挑高眉毛，「所以你們會想去？」

黑琅和毛絨絨對視一眼，以最快速度一塊回答，「不想！」

有白烏亞在，他們才不想跟出門。

就算毛茅渾然未覺，但他們可是知道白烏亞這個人，貓不愛、鳥也嫌。

總而言之，最好能離多遠就多遠。

花曜文創園區的前身其實是一座私人酒廠，後來酒廠停業，廠房閒置下來。中間再經過多次轉手，最後由公家機關和民間企業合作，重新發展爲一個文藝展覽表演場所。

除了進駐不少文創商家之外，時不時也會舉辦各項活動，或是外借場地。

同時還有一個最引人注目的亮點。

貓。

起初，只是身爲愛貓人士的幾名店家負責人在附近餵養流浪貓，不知不覺中更多的貓咪被吸引過來了，於是更多的愛貓人士也跟著過來了。

相輔相成之下，花曜文創園區也擁有了一個別稱——貓咪園區。

這裡的貓定時會被帶至獸醫院做檢查，也禁止遊客隨意餵食，以免讓貓誤吃不該吃的食物。

就算毛茅沒有邀請白烏亞，他也不打算帶黑琅過來的。免得黑琅趁機在這裡招收一票貓小弟，成爲花曜文創園區的貓霸王。

毛茅與白烏亞約在大門前碰面，他本身就有提早到的習慣，卻沒想到被約的那一位比他還早到。

還沒走近大門，毛茅就望見那抹引人注目的高大身影。

身高直逼一九〇的灰髮青年僅僅站著不動，就散發著讓人下意識想避開的壓迫感，更遑論他的一雙冰藍色眼珠彷彿滲著縷縷寒氣。

凡是想要從正門進入園區的遊客，幾乎都是反射性地繞著白烏亞走。

「學長，烏鴉學長！」毛茅揹著齒輪包包，趕緊加快腳步，一手使勁地在空中揮舞，小跑步的途中還蹦跳了幾下，以彰顯自己的存在感。

白烏亞聞聲轉過頭，那雙看似冷淡的藍眼珠登時變得柔和許多。

「不好意思……學長，你有等很久了嗎？」毛茅說。

「是我提早到。」白烏亞搖搖頭，低沉的聲音隱隱透出迫不及待。

毛茅自然留意到直屬時不時往園區方向飄的眼神，他揚起大大的笑容，「學長，我們可以邊看貓邊走去鬼屋那邊，反正也不是急著要進鬼屋，我還可以幫學長你和貓咪拍照喔。」

白烏亞眼睛瞬亮，他朝毛茅露出靦腆的微笑。

那和高大外表不相符的溫馴，登時激發了毛茅的父愛。他握緊拳頭，雄心壯志地打算幫白烏亞與貓拍個百來張合照。

然而就連毛茅都沒料想到……

想像是豐滿的，現實是骨感的。

甚至可以說非常現實了。

低頭看著逃命般遠離自己的大貓、小貓、黑貓、白貓、三花貓，白烏亞那張精緻的面孔上不顯情緒，還是和平時一樣淡漠。

可是毛茅敢發誓，那雙冰藍色的眼睛裡分明寫著大大的「失落」兩個字。

毛茅撓著臉頰，就算他再怎麼能言善道，一時間也不知道該擠出什麼安慰的字句。

尤其和白烏亞隔了有一臂之遠的自己腳邊，還緊緊黏著兩隻大小橘貓。

橘紋貓咪親暱地用腦袋直蹭毛茅的腳踝，軟軟的叫聲就像是在求撫摸、求關注、求包養。

相較於白烏亞周邊空無一貓的景象……

這他媽可就有些尷尬了。

毛茅確實聽過白烏亞不太受動物歡迎的事，只是他沒想到居然不受歡迎到這種地步。

花曜文創園區裡的貓看起來就像是把灰髮青年當成了洪水猛獸，能離多遠就多遠。

一般人會被小動物排斥到這程度嗎？

毛茅困惑地瞇細眼，回想起自家的貓和鳥也是恨不得離白烏亞遠遠的。

還沒等到他試圖安慰白烏亞，後者就先打破沉默。

「毛茅，鬼屋是往這方向走嗎？」白烏亞的臉上絲毫看不出異樣。

「啊，是的。」但毛茅仍是感到不好意思，他本來想讓白烏亞感受一下被貓包圍的滋味，才邀請對方前來此處，「學長，我……」

「能看到那麼多貓我很開心。」白烏亞小聲地說，「不過我果然是沒有動物緣……你別在意，從以前我就一直不受小動物喜歡了。」

「烏鴉學長……」聞言，毛茅心中的父愛更是膨脹得越發熾烈。他握緊拳頭，內心發誓，下次要再把黑琅強制綁到白烏亞面前，讓學長擼個爽！

似乎是看出小學弟的歉意，白烏亞伸手想摸摸毛茅的頭，但又想起對方一向堅持著男人的頭不可以亂摸，不然會長不高，於是手指改落至對方的肩膀上，善意地拍了拍。

毛茅很快就藏起了那一絲歉意，他明白自己表現得愈在意，只會連帶影響白烏亞的心情。那可不行。

特地約學長出來了，當然是要讓對方開開心心的，這才是好學弟該做的！

設立在花曜文創園區裡的小草室，是一間咖啡烘焙坊。既是咖啡店，也是一間麵包店，常常有客人買了一大袋麵包後，就在店內點一杯咖啡，搭配著麵包享用。

最近小草室還推出一項新活動，只要在下午茶時段前來用餐，花少少的錢就能享受麵包吃到飽。

這讓本來生意好的小草室，假日時更是一位難求，門口可見到許多排隊民眾候位。

而在被麵包和咖啡香包圍的米色空間中，靠窗的吧台位子前，有一抹人影格外引人注目。

凡是待在店內的客人，都忍不住多看對方幾眼。

只因那名黑髮少女的容貌和氣質著實太過出眾。

雪白昳麗的面龐、嫣紅的嘴唇，光是側臉就讓人難以移開視線，更不用說美少女的面前還擺著一個大野餐籃。

即使敞開的野餐籃只剩兩、三個麵包，但常來小草室的顧客都知道，那可是麵包吃到飽餐的升級版。

只有店家認可的大胃王熟客，才能一口氣把大野餐籃裝得滿滿的，拿到位子上享用；否則一般的吃到飽，就只能一次拿三個麵包，免得造成無謂的浪費。

纖細的美少女和驚人的食量，這個反差讓其他顧客暗地驚歎連連。

高甜早就習慣被人注目，她依舊維持自己用餐的節奏，深如黑潭的眼眸隨意看著窗景。

倏地，高甜咬下麵包的動作停住，本來冷淡的眼珠子瞬間亮起了光。

下一秒，黑髮少女飛快將剩下麵包全吞下肚，再仰頭一口喝光了桂花拿鐵。

這過程太過短暫，讓旁觀的人都還來不及意會過來是發生什麼事，容姿如畫的黑髮少女就已經邁步如飛地跑出了小草室。

高甜沒想到今天來這裡還能碰到意料外的驚喜，三步併作兩步地往方才在窗前鎖定的方向走，只消片刻，就追上了她吃麵包時發現的兩道身影。

高甜放慢步伐，像是偶然碰上般，若無其事喊了一聲，「烏鴉學長、小豆苗。」

走在前頭的一高一矮人影反射性回頭。

「午安。」白烏亞停下腳步。

「高甜？」毛茅驚訝地笑開，一雙金眸瞇得彎彎，像有陽光灑在裡頭，「好巧，妳也在這

裡。對了，我可以申請一下，能把『小豆苗』三個字換成『毛茅』這兩個字嗎？」

「等你追平我的身高後，我可以把小豆苗改成豆苗。」高甜獨斷地說，三兩步就和毛茅他們並肩行走，沒忘記特別避開白烏亞那邊。

白烏亞不喜和人太過靠近，就算是再怎麼親近的人，他都會盡力保持著一臂之遙的距離。

毛茅看看自己，再看看身高足足超過自己二十公分的高甜。他摸摸鼻尖，感覺長高之路好像還有點漫長。

他果決地跳開這個傷感情的話題，「高甜，妳也是要去鬼屋的嗎？就是那個夢幻之島之竊竊詭語。」

爲了小草室的麵包吃到飽，高甜很常來花曜文創園區，自然也對其中一些長駐活動有幾分了解。

夢幻之島就是其一。

雖說它的名字聽起來夢幻，但本質和夢幻兩字可沾不上邊。它就是一個鬼屋，每隔一段時間還會更換主題的鬼屋。

高甜向來對鬼屋沒什麼興趣，與其花半小時看那些連污穢的低顏值都比不上的人扮幽體，還不如多吃點美食。

不過聽出毛茅和白烏亞顯然要前往鬼屋，她淡然地點點頭，沒有半分猶豫地說了是。

名爲「夢幻之島」的鬼屋設立在一間寬敞的展覽館裡。

入口前已經排了一段隊伍，但人龍消化的速度很快，通常一次有七、八個人能被放進去。顧慮到白烏亞的習慣，毛茅便排在白烏亞後方，保持適當的距離，高甜則到售票亭那邊買票。

當她走回至兩名同伴身邊，聚集在他們這方的目光頓時又是翻了一倍，只能說他們的外貌眞的太顯眼了。

尤其其中的高甜和白烏亞個子特別高挑，教人不注意他們倆都很難。

毛茅踮起腳尖，發現看不見前方的說明，乾脆低頭刷手機，尋找夢幻之島的介紹。還沒等他點開網誌，肩上冷不防被人大力拍了一下。

「毛茅？嘿，眞的是你耶！」拍人的黑短髮少女驚喜地說。

「靜靜？」毛茅睜大的眼睛裡也浮上笑意。

「還有我、還有我。」另一名褐髮少女迅速湊上前，明艷的五官神采奕奕，「毛茅，你也是來鬼屋玩的嗎？你自己一個……」

「人」字還停在凌淨的舌尖，她的一雙眼睛就已經震驚地瞠得又圓又大。

「大大大……」凌淨結巴地說，她維持仰高頭的姿勢，映入眼中的是高甜面無表情的臉。

「大什麼？想大號自己去啦。」林靜靜這時才發現毛茅身邊居然還有兩位榴華的風雲人物，高甜和白烏亞。她吞下強烈的吃驚，反應迅速地接下凌淨的話，不讓「大小姐」三字被對方吐出。

這種私底下喊的稱呼，還是別讓當事人聽見比較好。

「高甜同學、白學長。」林靜靜態度恭敬地打招呼，接著控制不住心頭湧上的疑問，「那個……你們難道也是？」

不能怪林靜靜問得吞吞吐吐，她實在很難想像在眾人心中形象高冷得不能再高冷的白烏亞和高甜，居然也會參加鬼屋活動？

凌淨沒開口，但她那雙瞬也不瞬盯著人的眼睛，已洩露她此時的想法和林靜靜一樣。

高甜一聲不吭地看著林靜靜和凌淨，看得兩人不由得產生了那眼神簡直像是在關愛智障的念頭。

「哈哈哈哈……」林靜靜乾笑幾聲，求救地望向毛茅，希望對方幫忙救個場。

不然眞的要冷場了。

毛茅不愧是林靜靜心目中的救場小幫手，頓時只聽見他笑嘻嘻地說：

「聽網路說這座鬼屋的評價挺不錯的，剛好抽獎有抽到票，就和烏鴉學長一起過來了。剛剛碰到高甜，然後又碰到妳們……靜靜，妳有研究過這個鬼屋嗎？」

「有有有。」林靜靜忙不迭地說。一談及她擅長的領域——各種八卦打探——她馬上專業地推高眼鏡，杏眸閃著亮光，「夢幻之島是個主題鬼屋，每過一段時間就會換主題，像現在的就是豪門血案，副標題是竊竊詭語。」

血案的故事背景設定在一棟曾發生慘烈凶殺案的豪華大宅裡，玩家們將會遇上各種恐怖駭人的事。除了考驗心臟的強度外，還要在這種氣氛壓迫的環境下，找到隱藏的線索，找出通往出口的安全道路。

假如走錯路，就會被懷抱怨恨的鬼魂拖進他們的世界，永永遠遠地陪伴他們。

而以最白話的方式解釋，就是出局了，麻煩中途離場吧。

聽完解說的毛茅、高甜和白烏亞，神色未變，唯獨凌淨吞了吞口水，忍不住緊緊抓著林靜靜的衣角。

她是那種標準對鬼片又愛又怕的類型，就算之前才聽完幽體的講座，知道眞正的鬼頂多是像發光的人形，不帶走憑依物就只會停留在原地。

可是、可是……架不住商家們對鬼的創造力和想像力啊！

暗暗鼓勵自己別怕，現場還有白烏亞在，凌淨在瑟瑟發抖中交出手機給工作人員，跟著其他人一起進入了鬼屋……

設計成豪華大宅的鬼屋，首要就是佔地極廣，要不然也無法分成多條路線，讓多位玩家同時進行。

除了毛茅他們五人，一塊進入鬼屋的還有兩對情侶。

情侶們看樣子更想要兩兩相處，很快就自動選擇了不同的路線。

林靜靜想拉著凌淨往另一條路探索，但是後者似乎已經被鬼屋裡的血跡斑斑、陰森森的騰空紫焰，以及時不時冒出的恐怖音效嚇壞了。她死命攬著林靜靜的手臂，拚命地搖頭。

「不不不……不能跟學長他們一起嗎？」凌淨白著臉問。她總覺得和個子高的白烏亞、高甜走在一起，會特別有安全感。

「好好好。」林靜靜安撫著好友，「別那麼怕啊，這裡的鬼都是人扮的，而且眞的鬼也不會長那麼可怕，頂多發光而已，雖然我也沒看過啦。」

「但這些假鬼就夠可怕了啊……」凌淨語帶哭腔，只因爲她的眼角瞄見了一道正從華麗的櫃子底下緩緩爬出的白衣身影。

一頭金髮凌亂，白衣上染著大量血漬，還能聽見刺耳的撓地聲。

嘎吱——嘎吱——

那聲音聽得人牙酸。

毛茅用食指堵住耳朵，「我們加快速度吧，這聲音聽得我頭都痛了。」

沒人對此有意見。

穿過家具凌亂翻倒的客廳，一行人很快來到了一扇閉闔的大門前。

毛茅試著伸手一推，門板順勢往後滑動，門後是一室的幽暗。他舉步往室內走進，其他人也跟上。

突來的黑暗讓眾人一時無法適應，一會後才漸漸看清周圍景象。他們被一簇簇幽綠的光點環繞，登時讓這房間顯得既陰森又不祥。

如果不是緊摀著自己的嘴巴，凌淨一定會當場尖叫出聲。

這一幕連林靜靜也被嚇了一跳，感覺一顆心幾乎要跳至嗓子口。

高甜平靜地說，「是貓。」

就像在呼應高甜的答案，細細的貓叫聲隨即響起。

一隻又一隻的黑貓或趴或站，或是懶洋洋地走動。牠們身前其實圍著透明的圍欄，只是光線關係，易讓進入這裡的玩家產生貓咪的活動範圍不受限制的錯覺。

毛茅摸著下巴，「眞該讓大毛來看看，什麼叫苗條輕盈。」

想起那隻又胖又結實的大黑貓，林靜靜和凌淨同時噗哧一笑，心中的驚悸也被沖散不少。

爲了能方便與同伴們保持距離，白烏亞是最後一個走進來的。

沒想到就在這名灰髮青年踏入室內的刹那間——

原本溫馴悠閒的貓咪彷彿遭受到某種莫大威脅，轉眼陷入躁動，貓叫聲一聲接著一聲。

喵喵喵！

喵喵——

喵喵喵喵——

所有黑貓弓起身子，尾巴豎得又高又直，一身漆黑皮毛如同炸開似的。牠們瘋狂地叫著，爪子拚命抓撓。

尖高又淒厲的聲響逼得人只想落荒而逃。

林靜靜和凌淨被這突來的變故嚇得一張臉驟失血色，她們緊抓著彼此的手，驚惶地環視四周。

誰也不曉得究竟是發生了什麼事。

「往前走。」

高甜冷冽的嗓音就像迷霧中的一盞明燈，讓林靜靜她們下意識依言而行。

毛茅在準備離開的時候，耳尖地捕捉到「叮」的一聲，像有東西掉落在地面，他反射性摸了摸自己的口袋。

應該放著鑰匙圈的口袋裡，赫然空無一物。

「毛茅？」白烏亞發現紫髮男孩忽然停住腳步。

「我東西掉了……學長你先走，我馬上就跟上。」毛茅連忙揮手，金眸快速掃過自己腳邊一圈，一下就鎖定住那個折閃出微光的小巧物體。

他想也不想地蹲下身，將那個掛有小黑貓吊飾的鑰匙圈拾起。

而當他一抬頭，映入眼內的正好是灰髮青年後腳踏出房間的背影。

幾乎在同一時間，那些發狂的黑貓宛如被按了靜止鍵，所有歇斯底里的喵叫聲消失。

牠們全部靜了下來。

黑貓房間的插曲並沒有在林靜靜和凌淨心裡留下太大的陰影，她們單純以爲這是主辦單位特別安排的嚇人橋段。

「天啊，剛剛眞是嚇死我了……」凌淨拍著胸口，心跳一時還快得平復不下來。

「那到底……是怎麼做到的啊？」林靜靜驚魂未定地說，「我是看人家網誌有提到這個黑貓房，但上面可沒說貓咪會突然暴動。」

「哎唷，當然不會告訴妳嘛，破梗了就沒辦法嚇到人了啊。」凌淨言之鑿鑿地說。

想不出更好的解釋，林靜靜被說服了。她注意到毛茅一臉的若有所思，不禁好奇地開口，「毛茅，怎麼了嗎？」

「啊，沒事。」毛茅立刻揚起可愛的笑臉，「我只是在想，要怎樣讓大毛也能有那樣的好身材。」

「斷食。」高甜淡然地說。

「別做會讓貓咪傷心的事。」白烏亞嚴肅地說。

面對這兩個天差地別的意見，毛茅笑吟吟地應下了，任誰也猜不出他方才真正的想法究竟是什麼。

事實上，毛茅正不著痕跡地觀察著白烏亞。

灰髮青年看起來沒有任何變化，就連那張精緻不帶女氣的臉孔上，也不見明顯的表情。

但毛茅卻還是發現到，那雙冰藍色的眼瞳底帶著一絲細微的沮喪和難過。

毛茅不自覺地用手指抵著唇，腦中思緒敏捷轉動。

如果他想的沒錯，烏鴉學長已經認定黑貓房裡的那些貓，是因為自己才會陷入異常狀態。

而這個答案的可能性……毛茅不想承認，但是確實很高。

這怎麼看都不能算是普通的不受小動物歡迎了，一定還有另外的因子，就是不知道好不好找出來……

不管如何，毛茅在這一刻已經下定決心，絕對要找出真正的原因，讓白烏亞能夠體會到什麼叫作無所顧忌地擼貓。

廊道間的紫色火焰時不時地閃滅，光芒和大片陰影形成詭異的景象。

毛茅一行人沿著長長的走廊往內部前行，隨即便在紫焰閃閃滅滅間察覺到異樣。

每當火焰暗下，牆壁上就會浮現潦草的字跡。

由於火焰閃動的速度很快，一不注意就會忽略這細節。

「是、女、兒、的、錯。」毛茅湊上前，將看到的字唸出來。

「看樣子是要我們到女兒的房間。」高甜說，「鬼屋的故事背景是一家人慘死在自家住宅裡。」

在前往女兒房間途中，毛茅他們還碰上了幾個小謎題。

不過有高甜在，那些謎立即迎刃而解，彷彿沒有一絲困難度。

要不了多久，眾人又碰上了一扇門。

從掛在門上的門牌裝飾，不難猜出房間主人應該是名年輕的女孩子。但門和門牌上潑濺到的大片黑紅痕跡，破壞了原本的浪漫風格。

毛茅率先扭開門把，推門進去。

門後果然是一間屬於少女的房間。

蕾絲、花邊、玩偶，這些要素本應該是替房間增添夢幻感，然而隨處可見的深暗血污和銳器切割的裂痕，使之轉變成怵目驚心，鼻間還能聞到濃濃不散的血腥味。

似乎那一日的慘案，不過是昨日發生而已……

這仿眞的布置讓林靜靜和凌淨都發出了短促的吸氣聲。就算心裡拚命默唸「接下來不管出現什麼都是假的、都是人扮的」，仍然揮不去那抹緊張感。

相較之下，白烏亞和高甜是相同的面無表情。後者的眼裡還掠過了一絲嫌棄，猶如很不滿這個房間的凌亂。

毛茅則是一派輕鬆寫意，他好奇地東看看西看看，然後目光鎖定了化妝鏡。

散濺不規則血漬的鏡面上，被寫了一個大大的LOOK。

血色的英文字彷彿在暗示著，這或許是用哪個受害者的鮮血所書寫。

不得不說，夢幻之島的鬼屋布景做得相當好，一個恍神就會誤以爲自己錯置時空，身處在凶殺案的漩渦中心。

毛茅來到了化妝鏡前，指尖正要觸及那大大的血字。

房內霍然響起淒厲的青稚尖叫，周遭溫度急降，寒意與霧氣瞬間籠罩在這個血染的空間裡頭。

白霧降低了房內的能見度，下一剎那——

一名半邊臉血肉模糊的小女孩倒吊著從天花板上出現。

她的紅髮像是浸滿了鮮血，猩紅的液體滴滴答答地從上方落至地板上。瞠大的眼睛裡是一片懾人的幽碧色，猙獰的傷痕宛若要把她整具嬌小身子切割得七零八落。

小女孩手裡握著刀，衝著正前方的兩名少女發出一陣尖銳的吼叫。

「啊啊啊啊啊啊啊！」林靜靜和凌淨當場放聲尖叫。

極大的驚嚇讓她們腦海一片空白，就連之後是怎麼衝出鬼屋的也不知道。

等她們終於回過神來，這才發現人已在鬼屋外。溫暖明亮的陽光灑落下來，讓她們不禁生起了一股恍若隔世的錯覺。

「靜靜、凌淨，妳們還好嗎？」

紫髮男孩關切的臉映入了她們的眼裡。

「我、我……」

「我們……我們……」

林靜靜和凌淨驚魂未定地喘著氣，一時間擠不出完整的話語，只能用眼神示意她們勉強還算好。

出口處的鬼屋工作人員不是頭一回見到遊客驚嚇過度的情況，立刻就有一名女孩快步跑近，想要上前關切。

只是關心的話語還未說出口，女孩就被這群人中的一道身影攫住了全部的注意力。

下一秒，毛茅等人便聽見一道怯怯的嗓音含帶驚喜地響起。

「白烏亞……白大哥？」

第三章

突如其來的喊聲，讓毛茅他們下意識轉過頭。
只見一名穿著工作背心的紫髮女孩就站在離他們幾步遠的地方，一張臉蛋白皙秀麗，眼睫毛相當長，眨動間有股我見猶憐的柔弱氣質。她的手指絞在一起，像是想上前，又被緊張拉住了腳步，但那雙嫩綠色的眸子裡是掩不住的欣喜。
被喊住的白烏亞還是一貫的面無表情，他輕輕地頷首，作爲一個簡單的招呼。
這回應讓紫髮女孩受到鼓舞，她立刻露出開心混著羞怯的笑容，一掃先前的躊躇。
「太好了，我本來還有點擔心認錯人……果然眞的是你呢，白大哥。好久不見，沒想到會在這碰上你呢。你還記得我嗎？我是海燕，以前住在你家隔壁，後來搬走了。」
「嗯。」白烏亞吐出一個看似肯定的音節。
「我就知道白大哥果然還記得我。」海燕笑得更開心了，臉頰浮現淡淡的紅暈，「我現在在蜚葉唸書，白大哥是在榴華對吧？我聽社團的學長姊提過你的名字，不過那時候還不曉得是你，以爲是同名同姓……」
毛茅心裡掠過訝異。假如說有社團會特別提到白烏亞的名字，那麼那個社團該不會是……

「妳是蜚葉除污社？」高甜冷不防說，漆黑的眼珠不帶波動地看向了海燕。

「咦？啊，對……」海燕一對上高甜鋒利冷然的目光，登時有絲無措，「我、我剛加入社團不久。請問妳是……妳是白大哥的女朋友嗎？」

高甜沒有說話，她和白烏亞可以說非常有默契地各自往不同方向退了一大步，拉開彼此間的距離，用行爲充分表明了答案。

見狀，海燕也明白是自己誤會了，她窘困地摸摸鼻尖，「抱歉啊，白大哥，我還眞的以爲你們兩個人是……所以他們是你的？」

「學弟妹。」白烏亞的回話依然簡練。

海燕像是也知道白烏亞的說話風格，沒把這當成對方態度冷淡。她高興地朝高甜伸出手，「白大哥的學妹妳好……唔，這樣說好像也有點怪怪的，我們說不定是同年級。我是高一，妳呢？」

「高一。」高甜冷若冰霜地說，絲毫沒有伸手的意思。

海燕朝白烏亞投去一記求救的目光，偏偏後者像沒領會到她的意思，她最後只好略微尷尬地收回手。

「不、不好意思，我不曉得妳不喜歡跟人有接觸。」海燕小小聲地說，「我知道有些人有很嚴重的潔癖……是我不好，我沒有先問清楚，就冒冒失失的，眞的很對不起呀……」

海燕的聲音越來越小，嫩綠色的眼眸裡隱約泛起了委屈。

高甜無聲地咂下舌，她伸手戳戳毛茅的肩，再朝他扔了一抹眼神。

毛茅發現自己居然能解讀出來，那就是──

你上，不然我待會可給不了烏鴉學長面子了。

想到高甜那具有強烈特色、簡直像冰風暴颳過的說話方式，毛茅覺得眼下確實由他上比較適合。

況且，雖然白烏亞有對海燕的問話做出基本回應，但毛茅眼尖得很，他可是看出自己的直屬學長眼底深處其實一片茫然。

只是那張精雕細琢的臉，很完美地掩飾了一切。

再換句話說……毛茅合理懷疑，白烏亞估計連海燕是誰都沒想起來。

這念頭剛一閃過，毛茅就感覺到另一邊的肩頭也被人戳了一下。他反射性一扭頭，瞧見高大的灰髮青年眼巴巴地瞅著他，那雙色澤偏淺、容易讓人產生冷酷印象的藍眼睛，正對著他散發出ＳＯＳ的光波。

這下毛茅不用懷疑了，他肯定白烏亞根本就沒想起海燕是誰。

既然學長有難，做學弟的當然要挺身而出。

毛茅當下是義不容辭地把「英雄救美」的任務攬下。

要緩解現場氣氛最好的方法，就是另闢新話題。

於是紫髮男孩露出大大的笑容，語調歡快地問道：「海燕，妳是來這邊打工的嗎？」

面對容易激發女孩子母性的可愛男孩，海燕不自覺就先對對方產生了些許好感，連帶先前的慌亂也淡去不少。

「其實我是假日的工讀生。」海燕靦腆地說，「夢幻之島的鬼屋設計很有趣，大家都花了很大的心思，我能幫上忙也很開心……啊，我可以請問你們的感想嗎？你們覺得鬼屋哪個場景讓你們印象最深刻？像我就認爲女兒房間的場景最棒了！」

「女兒房間……就是那個有紅頭髮小女生出現的房間對不對？」凌淨恍然大悟地一擊掌，一回想稍早前的遭遇，她可憐兮兮地皺著臉，「那個眞的差點嚇死我了……」

「加一。」林靜靜附和道：「小女生的妝化得好逼眞，出場時又是無預警地冒出來……不過，我之前都沒聽人說鬼屋有這個嚇人橋段耶。」

「妳們也這麼覺得嗎？太好了！」海燕眼中亮起了光，她一掃拘謹，眉飛色舞地爲林靜靜她們解說起來，「小碧是這一、兩天才加入的……就是妳們看到的紅髮小女生，她是住在我家附近的小朋友，好奇我的工作，才跟來看看。美術組的人試著爲她化了特效妝，沒想到效果很好，所以就向我外借小碧了。」

「那效果不只是很好……根本是超級好了。」凌淨撫著胸口說，忘不了在鬼屋裡的驚恐，

「我都很丟臉地尖叫了。」

也有尖叫的林靜靜保持沉默，假裝不記得自己曾做過那麼丟臉的事。

「太棒了，鬼屋的大家一定很開心迴響那麼大。我就知道小碧很適合嚇人，我之前一直覺得豪門血案這主題還少了點什麼，幸好我有向大家推薦，讓化完妝的小碧嘗試看看。」海燕開心地說，「白大哥，我可以加你的LINE嗎？之後想請你幫我填個感想調查表之類的。」

早不知道神遊到哪去的白烏亞壓根沒聽清海燕的問話，不過他那張缺乏表情的臉，完美地掩飾了他在發呆的事實。

直到海燕又喊了幾聲白大哥，白烏亞終於意識到話題重新回到自己身上。

灰髮青年第一個動作就是先看向毛茅。

毛茅在確定那一雙藍眼睛裡再度閃動著ＳＯＳ的訊號後，馬上猜出白烏亞並不想答應，但一時也找不到拒絕的藉口。

正當毛茅努力思索解套辦法之際，另一邊的高甜率先開口了。

「小豆苗，你浪費太多時間了。」冷冰冰的嗓音流露一抹不耐，「別忘記我們有事情要做，你是想跟人在這裡聊到天黑嗎？是有多閒？走了，動作快一點，就算比不上我和學長的腿長，也不要慢得跟不上我們。」

猶如挾帶冰屑的言語席捲現場，瞬間讓海燕的笑容僵住，本來準備好的聊天內容也一併被凍了回去。

高甜素來不在乎他人想法，話一扔下，便直接掉頭往另一個方向走。

白烏亞抓緊這個離開的大好機會，淡淡地向海燕點個頭，二話不說就跟上了高甜的步伐。

「抱歉喔，海燕，我們有事得先走了。」毛茅雙手合十，歉意地對呆住的海燕說。

「呃，我們……我們也該走了。」林靜靜嗅出尷尬的氣氛，立即拉住凌淨的手，飛快地說，「毛茅，我們學校見了，我跟凌小淨還要去看電影。」

「好喔，掰啦。」毛茅跳起來揮著手。

「咦？咦？這就要走了啊？」大概只有凌淨還搞不清楚狀況，「林大靜，我們等等是要看什麼電影？」

「我就知道妳的記憶力跟金魚一樣，反正去了妳就知道啦。海燕，我們先走了，打工加油。」林靜靜隨意地敷衍好友，再朝海燕道別，「我一定會向大家推薦你們鬼屋的……凌小淨，走了啦。海燕再見！」

凌淨對林靜靜的說辭信以爲眞，全然沒察覺到那只是好友臨時掰出來的藉口。

「再見……」海燕愣愣地對著林靜靜等人揮手，好半晌才反應過來，高甜的態度擺明就是不想與自己相處。

難以言喻的委屈湧上心頭，讓海燕忍不住紅了眼眶。

她不知道自己哪裡做錯了，她明明只是和青梅竹馬的白烏亞打了招呼，然後還向他們介紹鬼屋，讓他們明白大家的辛勞……

越想越傷心，海燕吸吸鼻子，垂頭喪氣地往回走。沒想到就在這時候，出口附近傳來了一陣騷動。

「哎，小碧！等等，等一下！」

在焦急的喊聲中，一名散亂著紅髮的小女生赤腳從鬼屋裡奔跑出來，後方是另一名工作人員慌張地追著不放。

紅髮小女孩跑得太急太快，壓根沒注意到前方的情況，頓地一頭栽進了海燕的懷裡。

還好海燕及時伸手扶住那小小的身子，要不然依對方像顆小炮彈的衝力，恐怕會把她撞倒在地。

被攔阻的紅髮小女孩抬起頭，緊接著又掙脫開海燕的雙手，「啪噠啪噠」地再次往外跑。

見狀，海燕與那名追出來的馬尾女孩趕忙也跑了出去。

「小碧！」

「等等，小碧！」

「妳要去哪裡？」

被稱為「小碧」的女孩臉上還帶著可怕的特殊妝，更不用說拿在手裡的是一把染血的刀，衣服上也是一大片像血液的暗紅顏料。

這駭人的模樣，任誰一看都會被嚇一跳。

海燕她們就是怕嚇到文創園區裡的其他遊客，才忙不迭要攔下小女孩。

好在紅髮小女孩只是跑到鬼屋外就停下腳步，並沒有跑遠。

這讓海燕她們鬆了一口氣。

隨即綁著馬尾的工作人員留意到海燕的眼眶微微泛紅。

「海燕，妳怎麼了？」年紀看起來較成熟的馬尾女孩關切地問，「發生什麼事了嗎？」

「沒、沒事……」海燕連忙抬手抹抹眼角，小聲地說，「就是剛剛碰到態度比較不好的客人。明明我們都是女孩子……但是她的態度，她好像很討厭我……」

「有各式各樣的客人，有時也會出現奧客，妳別把他們放在心上。」馬尾女孩拍拍海燕的肩膀安慰道：「辛苦妳了啊。」

「不會，不辛苦的。」海燕露出一抹堅定的笑容，「我很高興能幫上大家的忙呢……對了，小碧怎麼會突然跑出來？」

「我也不曉得。」馬尾女孩苦惱地說，「看樣子也不像是要上廁所……她就是忽然往外跑。妳也知道，她現在的妝很容易把不知情的人嚇到，萬一真有人被嚇得跑去報警，那可就麻煩了……小碧、小碧，我們可以進去了嗎？」

被點到名的紅髮小女孩搖搖頭，她就像在尋找什麼般東張西望，最後才放棄地收回遠眺的目光。

「小碧，怎麼了嗎？」海燕走到小碧面前，她蹲下身，語氣溫柔地問道：「不喜歡臉上的這些妝嗎？乖喔，再忍一忍好不好？妳很棒的，能幫上我們的忙呢。」

小碧仰高那張半邊血肉模糊的臉，看似懵懵懂懂地點點頭。

緊接著，海燕就注意到自己好像聽見了一陣模糊的聲響。

咕嚕咕嚕……咕嚕咕嚕……

海燕困惑地眨眨眼，下意識循著聲音源頭看過去，然後就發現聲音的來源出自於小碧的肚子。

似乎是意識到自己肚子傳出的響動被別人聽見，小碧快速地摀著肚子，眼神飄了飄。

海燕恍然一笑，「小碧，妳是肚子餓了才跑出來的嗎？」

小碧不說話，只一雙碧綠色的大眼睛眨得更快一些，猶如在爲自己肚子的鳴叫感到羞窘。

這模樣讓海燕與馬尾女孩不禁會心一笑。

「剛剛嚇人……」小碧聲如蚊蚋地說，「肚子就在叫，可能被他們聽到，好、好丟臉……」

「他們？」馬尾女孩一臉疑問。

海燕即刻明白了小碧說的「他們」是誰，方才也就只有白烏亞他們一行人出來而已。

「妳是說白大哥他們啊。」海燕笑笑地說，「放心，他們人很好的，就算聽見也不會取笑小碧妳的。」

「白大哥？」小碧困惑地重複這幾個字。

「對啊，是我以前的青梅竹馬呢。」海燕說。

「所以，是海燕姊姊的同學嗎？」

「嗯，不是耶。白大哥他們是榴華的學生，我是蜚葉的學生，不過兩間學校都在榴岩市就是了。」

「了解……」小碧乖巧地點點頭。

「小碧肚子餓的話，姊姊先去買點東西回來給妳吃喔。」海燕柔聲地說，「妳先跟小珊姊姊進去裡面好嗎？小珊姊，需要我幫大家一起帶點什麼嗎？」

「啊，太感謝了！那就拜託海燕妳了！」小珊感動不已地唸了一串食物名稱，「記得開收據，妳回來可以跟總務報帳。」

海燕比了個沒問題的手勢。

小碧留在原地，像在目送著海燕的離去。她的嘴唇動了動，細不可聞的呢喃逸出，一轉眼就消散在空氣中。

「真的好香、好好聞……想吃……」

□

高甜走路的速度又快又俐落，鞋跟敲擊在紅磚人行道上的聲音錯落有致。

她的身影就像是街道上一道最亮麗的風景，路上行人都忍不住被她吸引了目光。

高甜對於外在的視線皆是視若無睹，等走出了花曜文創園區一段路後，她冷不防地煞住腳步，轉頭回視著後方的毛茅和白烏亞。

「再來呢？」高甜問。

「咦？」毛茅一頭霧水，他看向白烏亞，後者冰藍的眼裡同樣有著不亞於他的疑惑。

金眸和藍眼有志一同地盯著黑髮少女。

高甜有耐心地重複一遍，「再來呢？小豆苗你想去哪裡？」

「我可以嚴正地要求，請使用我的名字稱呼我嗎？」毛茅皺著一張稚嫩的臉蛋。

「用暱稱來稱呼，不是朋友間該做的行爲嗎？」高甜回答得理所當然，「而且等你長高了，我就會把暱稱升級。加油，期待你長成豆苗的一天。」

「雖然能感受到妳濃濃的期許……但是我好像開心不起來耶。」毛茅吐出一口氣，「好吧，期待我能長得比烏鴉學長還高。」

「那就不叫豆苗了，豆科不能跨物種變成大樹的。」高甜嚴肅地糾正。

「嗯，我也覺得豆苗很好。」白烏亞深表同意，「毛茅乖，聽學長的話。」

「不不不，這個請恕我無法聽從。」毛茅極力堅持自己的立場。爲免有關身高的話題繼續下去，他立刻話鋒一轉，「鬼屋也逛完了，接下來……我們各自解散？」

毛茅用的是詢問語氣，但換來的是高甜斬釘截鐵的否定。

「不行。」

「哎？」

「你剛剛是被我強制拉走的，作爲補償，換我陪你，看你想去什麼地方逛，或者我和學長再幫你特訓。」

毛茅果斷地選擇了另一個方案，他舉起雙手做出妥協，「我知道了、我知道了，那麼就還是請高甜和學長陪我逛街吧，假如你們不趕時間的話。」

兩名身形高挑、相貌出色的除魔社社員有默契地一塊搖頭，表明他們很有時間。

臨時說要逛街，毛茅還眞想不到地方，他今天的目的地本來就只有花曜文創園區……倏地，他腦中靈光一閃，彈了下手指，猛然想到今天是幾月幾號。

沒錯，今天就是那個日子！

「我想到了，我確實有個地方很想去。」毛茅愉快地說，「不過到時我買什麼書，就要麻煩學長和高甜睜一隻眼、閉一隻眼，當作沒看到了。你們說怎樣呢？」

面對那稚氣又恍若在閃閃發光的討喜笑臉，白烏亞和高甜的第一個反應就是——

還能怎樣？

身爲學長，身爲最好的朋友，當然是答應他了。

然後，白烏亞和高甜就後悔了他們的決定。

原來能夠讓毛茅特地央求他們視而不見的書，就是……

小、黃、書。

毛茅帶他們去的，是一間名叫「小書屋」的書店。

小書屋藏在彎彎繞繞的巷子中，假如沒有人特別帶路的話，估計不會有多少人知道這裡還藏著一間書店。

與一般書店截然不同，小書屋沒有顯目的招牌，只用了一塊破爛木板，在上面寫了「小書屋」三個大字，就這樣隨隨便便地掛在門邊。

甚至它的櫃台還大剌剌地擺在門口外。

假如用苛刻一點的眼光看待，那或許還很難稱得上是櫃台。頂多就是一張簡單的桌子，上頭擺了收銀機和一盤芭樂。

理當坐在桌子後的書店主人卻不見人影。

但從敞開的書店大門和店內亮著的燈光，可以判斷出這間店面尚在營業中。

「森柒、森柒！」毛茅站在門外喊了幾聲。

小書屋裡頭一片寂靜，沒有人出來回應。

「老闆不在？」高甜問，「但店開著？」

「森柒有時會把店扔著不管，不過別擔心，這地區的治安很好的，不關門都不會遭小偷。」毛茅熟門熟路地往小書屋裡面走，「噢，以上說法是來自森柒，她用暴力很好地證明了絕對不會有小偷或強盜敢找上門。」

小書屋的內部就和它的名字一樣小。

書櫃密集地排列著，中間空出來的走道只能容納一個人走過。那些塞不進書櫃的書就乾脆疊在地上，一路向上，直到碰到了天花板，形成另類的書柱子。

常來小書屋的毛茅一下就搜尋到他的目標。

他蹲在其中一個書櫃前，手裡拿著兩本書，眉頭緊鎖，青稚的臉蛋罕見地流露出一股嚴肅，彷彿正面臨著讓他不得不嚴陣以待的重要大事。

白烏亞和高甜見此情形，自是忍不住上前關切。

只不過在看清毛茅手上拿的雜誌時，饒是再怎麼面無表情的兩個人，都不禁感到臉部肌肉一抽。

不管是毛茅左手或右手，他拿的兩本雜誌都是以上圍豐滿、穿著暴露的美艷女子作爲封面，差別大概只在於一個白膚、一個巧克力膚。

發現有陰影罩下的毛茅仰高頭，眼角微挑的圓滾眸子認眞地望著兩名同伴。

「你們覺得哪本比較好？」他舉高書，希望能獲得一點意見，「膚白貌美又大胸的熟女姊姊看起來很棒，可是巧克力膚的好像也不錯，而且比起白膚更少見。」

「毛茅，你手上的書有十八禁標籤。」白烏亞委婉地暗示小學弟，未成年人不該看這種不良刊物。

高甜一聲不吭，可是她的眼神更直白、更冷酷，簡直就是赤裸裸地寫著「你這個糟糕的小豆苗」。

毛茅不以爲意地聳聳肩，「這才不是糟糕，這叫合情合理的喜好。」

「這喜好爛透了，而且大錯特錯！」

幾乎在刹那間，高甜以爲自己不小心脫口說出了心裡話，可隨即她意會過來，說話的另有其人。

那聲音太年輕、太稚氣，分明屬於孩童所有。

白烏亞和高甜迅速轉過頭去，映入眼中的嬌小人影讓他們訝異地張大眼。

堂而皇之走進小書屋的，是一名看起來約莫國小五、六年級的小女孩。

她手上提著一個不透明的塑膠袋，有著一頭蓬鬆的淡綠色長髮，頭頂兩側紮綁成兩圈圓圓的髮髻，遠看有點像小熊耳朵。青稚的臉蛋文靜可愛，光是站在那，就讓人覺得像是一尊精緻的洋娃娃。

其中最令人注目的，莫過於她的上衣別著一個大大的名牌，彷彿怕人看不見似的，用粗大的黑字寫了四個字。

叫我老闆。

白烏亞和高甜一怔，顯然沒料到這名比毛茅還要年幼的小女孩，居然就是小書屋的老闆。

「老闆？童工？」高甜眉梢揚高。

「誰童工？妳不認識字嗎？沒看到我的名牌嗎？」綠髮小女孩一開口立刻就破壞了那份文靜感，她雙手扠腰，一雙眼睛凶巴巴地吊高，「老娘是老闆、老闆，妳有哪個字看不懂嗎？啊？」

「妳的身高讓我對許多事都不懂。」高甜居高臨下地俯視著那不到她胸前的人影，「毛茅矮，妳比他更矮。」

「嘿，不要趁機對我的身高做人身攻擊好嗎？」毛茅困擾地說，「我會長高的。」

「嗯，未來一定會。」白烏亞體貼地爲自己的直屬打氣。

「糟了，我莫名感到這個未來有點遙遙無期了……」毛茅喃喃地說，接著將兩本雜誌夾在臂彎下，空出的一隻手對小書屋的老闆揮了揮，「妳好啊，森柒。我今天是過來跟妳拿……」

「無論是拿什麼，毛茅我們先來個愛的抱抱吧！」無視店內的另外兩名客人，森柒雙眼放光，有如猛獸盯上了最美味可口的獵物。那嬌小的身軀下一刹那就像是一枚炮彈，爆發力十足地往毛茅撲撞過去。

毛茅笑了笑，然後毫不猶豫地閃開了。

倘若不是森柒自己緊急煞車，只怕她就要一股腦地撞上其中一根書柱。

「毛茅！」撲了一個空的森柒惱怒地跺腳，她氣鼓鼓地嚷道：「你怎麼可以拒絕這麼可愛又超級適合帶回家結婚的合法蘿莉的擁抱？你不知道這是別人想求都求不來的嗎？」

「不知道。」毛茅乾脆俐落地說。

「你你你……」森柒伸出的手指顫抖，像是想要再指責毛茅的無情無義，可最後還是壓下心頭那股激動盪漾的情緒。

這麼冷淡的毛茅……還是好帥！爆炸帥！綠髮小女孩的雙手捧住了臉頰，兩團紅暈飄上。

「森柒，我不知道妳又在想什麼不切實際、也永遠不可能實現的事，不過先分點注意力給我吧。」毛茅說。

「你要我分給你整個人也可以，甭客氣。」森柒甜蜜地說著。

「喔，我才不要。」毛茅冷漠地回應。一對上白鳥亞和高甜的目光，他又揚起開朗的笑臉，「學長、高甜，跟你們介紹一下，這位是森柒，小書屋的老闆，我常來這裡跟她買書。附帶一提，她是成年人，資深社會人士喔。」

白烏亞和高甜難掩一瞬的訝色。

毛茅的言下之意，就是森柒的年紀比他們想像的都還要大上許多。

森柒從塑膠袋裡掏出一顆芭樂，「卡嚓」地咬上一口，斜眼看著比她高上太多的灰髮青年和黑髮少女。

「長那麼高幹嘛？世界上的空氣都是被你們這種人吸光的。澤蘭下次應該要訂個新社規，超過一百六的都不准入社。」

「妳認識澤老師？」

「妳可以等睡了再說夢話。」

白烏亞和高甜分別開口，前者是單純的疑問，而後者是冷酷的毒舌。

「第一，認識。我也是除穢者，退休的那種。第二，能不能來個誰教她禮貌啊？不知道要愛幼嗎？」森柒哼了好大一聲。要不是還顧忌著一點淑女形象，她早就把芭樂往那個黑頭髮、胸比自己大的小女娃身上砸去了。

幸好那胸也只比自己大上那麼一點點點而已，進不了熱愛巨乳的毛茅的眼。

「我懂得尊老，只要對方值得尊敬的話。」高甜語氣平靜，然而字字聽在森柒耳裡都像塗了一層辛辣。

森柒氣呼呼地瞪圓眼，她不想丟芭樂，她想丟鞋子出去。

介入這場女性交鋒的，是毛茅清亮的嗓音。

「哈囉，森柒。妳沒忘記我訂的東西吧？我還在等妳拿給我呢。啊，順便介紹一些貓咪或美食相關的書給我學長和朋友吧。」

「你訂的東西？又是小黃書？」白烏亞敏銳地盯住毛茅，大有想對未成年直屬展開一番說教的意味。

毛茅當即臉不紅、氣不喘地說，「其實我只是幫毛絨絨拿的，就連我手上這兩本也是喔，我是無辜的。」

此時，遠在家裡的雪球鳥打了好大一聲噴嚏。他抖動一下翅膀尖，猜想是不是毛茅在想念他傲鳥的美貌。

森柒沒有戳破毛茅的謊言，她昂起下巴，要毛茅跟著她走，臨走前還不忘擺著一張臭臉，對白烏亞和高甜交代。

「貓咪相關的在第三排，第六個書櫃那附近。美食相關的在第四排，一、二、三櫃都有，自己找去。除非是我的書要被燒了，不然沒事都別找我，現在可是我爲毛茅服務的一對一時間。」

特別強調了最後的幾字，森柒小手一揮，帶著毛茅進入了書店內部。

看起來不大的小書屋裡，還藏有一個小隔間，專門用來收放顧客預訂的各種書籍。

其中也包括了毛茅最喜歡的小黃書。

在森柒翻找起毛茅要的書的時候，毛茅悠悠閒閒地打量著架子上的東西，一邊看似隨性地開口。

「森柒，問妳喔。」

「回答的話，你會跟我結婚嗎？」

「放心，絕對不會。我想問妳，有些人是不是天生就不受小動物歡迎？」

「可惡，竟然無視了我的要求……好吧，原諒你，誰教你太帥。至於你的問題，肯定是的啊。這種人說少也不算少，反正就是很沒動物緣。」

「那麼……」毛茅沉吟地說，「例如有一屋子的貓咪，在那個人靠近時就像是嗑了藥地全體暴動，然後等那個人一離開牠們的視線，就立刻平靜下來……會有人沒動物緣到這種地步嗎？」

森柒抽空回過頭，細細的眉毛擰成一個結，「這例子還真具體。我的答案是……不。」

毛茅隨意掃視的目光頓地收回，改直勾勾地瞅著森柒。

「被動物討厭不是稀罕的事，但同時被那麼多動物當成敵人，更不用說那個人一走出牠們的視線範圍，牠們就安分下來……這可就一點也不尋常了。」森柒擲地有聲地說，「動物是很敏銳的，最有可能就是那個人曾做過什麼傷害動物的事，讓牠們下意識排斥、厭惡或害怕。」

「絕對沒有！」毛茅脫口就是反駁。他看得出白烏亞有多麼喜歡小動物，更遑論對方是如此溫柔的人。

「我還沒說完啊。」森柒不滿地噘著嘴，「爲什麼毛茅你要對那個人那麼上心？說，是不是外面有小妖精勾搭上你了！」

「除了傷害動物以外，別的可能性是什麼？」毛茅對她的質問充耳未聞。

森柒的暴躁脾氣，唯獨面對毛茅時發作不起來，她鬱悶地說，「還有討厭的氣啊。」

「討厭的氣？」

「這是一種籠統的說法，反正就是那個人身上可能有一般人看不見的『什麼』，但是動物感覺得到，然後那個『什麼』，讓動物感到害怕、排斥。」

毛茅陷入沉思。森柒說的第二種可能性，聽起來很符合白烏亞的情況。

如果眞是這樣，那麼烏鴉學長身上……究竟是帶著什麼？

這個疑惑不是一時半會間就能想透的，毛茅暫時將這些心思壓下，隨即他的眼角瞥見了他心心念念的預訂雜誌。

「找到了。」毛茅將書抽出來，愉快地對森柒說，「謝謝妳幫我訂書啊，森柒，錢就從上次要請妳兌換的結晶裡扣吧。」

「知道、知道，反正扣完的餘額我會再退還給你。」森柒說，「所以待會就可以和我約會了吧？」

「沒有這回事的。」

「什麼？那下午茶呢？」

「也沒有。」

「浪漫燭光晚餐呢？」

「通通都沒有喔。」毛茅擺了擺手，頭也不回地往外走。

「毛茅你這個無情無義的男人！太過分了，怎麼可以把我利用完就丟在一旁！你會後悔的，我跟你說，你回去後肯定會後悔的！」

森柒氣急敗壞的叫喊被毛茅拋在了後頭。

回到小書屋前室的毛茅，發現店裡只剩下黑髮少女站在書櫃前翻閱著書籍，灰髮青年卻是不見蹤影。

「高甜，烏鴉學長人呢？」毛茅疑惑地問。

「他說要到外面看看。」高甜的視線黏在書裡。

毛茅瞄了一眼，書封上寫著「人的一生中總要吃過的榴岩市美食」，他決定不打擾高甜。

將兩本雜誌往包包裡一塞，他繞到小書屋外面，尋找起白烏亞的蹤跡。

白烏亞的行蹤並不難找。

那名高大的灰髮青年就蹲在路邊，神情專注地凝望前方的一隻橘貓，伸出的手指微微勾動，隱約還能聽見他低喃著，「喵……過來啊，喵。」

烏鴉學長在學貓叫！

毛茅在這一瞬間深深地體會到反差萌。

怕驚擾到一人一貓，毛茅不敢有所動作。他趁機觀察著白烏亞與橘貓的互動，然而橘貓的反應讓他皺起了眉頭。

橘貓起初是後退幾步，接著簡直像遇見天敵，凶狠地喵了幾聲後，就飛快地竄走。

白烏亞伸出的手停在半空，俊美的側臉看起來是一片淡然，可是他的藍眼睛裡滑過了轉瞬即逝的失落……

那神情，讓毛茅回到家裡後依舊難以忘懷。

迅速從客廳裡竄出來迎接一家之主的黑琅與毛絨絨，一瞧見紫髮男孩沉凝的表情，馬上連珠炮似地拋出他們的關心。

「毛茅，怎麼了？太想朕了嗎？」

「毛茅，你是不是肚子痛？還是便祕了？」

「不想，還有都不是。」毛茅回予一個假笑，將包包往沙發一丟，繞過一貓一鳥，準備進廚房處理今天的晚餐。

在進廚房之前，毛茅忽然頓了一下腳步，他扭過頭，「大毛、毛絨絨，你們爲什麼不想靠近烏鴉學長？」

已經開始分工檢查齒輪包包，以免毛茅趁他們不知時帶回新寵物的一貓一鳥雙雙抬起頭。

「他的名字讓朕生理性不舒服。」黑琅不屑地說，「叫什麼白烏亞？朕就是討厭烏，除非他改名叫白描，起碼聽起來像白貓。」

「陛下，你不能這樣歧視烏的……」毛絨絨一臉傷心欲絕。

「朕就歧視了怎樣？咬朕啊！」

毛絨絨他……還眞不敢咬。

「行了，大毛，你的話不能成爲呈堂證供。毛絨絨，你說。」

「我我我……」被點到名的毛絨絨一驚，險些從包包上滾落，「我也不知道，就是、就是討厭……不想接近……」

毛絨絨越說音量越小，但毛茅已經獲得他想要知道的答案了。他踩著拖鞋，滿腹深思地往廚房內鑽進去。

綜合今天所見的。

還有大毛和毛絨絨的態度。

再加上烏鴉學長一直以來似乎都沒有動物緣……

毛茅覺得，這可不是普通的問題，而是個大問題。

既然有問題，那麼肯定是要想辦法解決的，對吧？

暗自盤算著接下來的計畫，毛茅手上也沒閒著，熟練地開始洗米洗菜。沒想到就在下一瞬間，客廳裡突然傳來毛絨絨的驚叫。

「毛茅，你的《深夜寂寞巨乳人妻》是封面詐欺啊！裡面內容其實是《青春無敵合法蘿莉特輯》——」

毛茅洗菜的動作一僵，終於理解綠髮小女孩的放話源自何處。

森柒……算妳狠！

第四章

毛茅是個行動力很強的人。

一旦擬定了計畫，就會開始迅速執行。

具體的例子有很多。

例如他想吃洋芋片，那麼就會馬上衝去抱個一箱回來。

例如他想看小黃書，他就會毫不猶豫地把黑琅踢出門，要自家寵物快去跑個腿。

而現在，他想要收集有關白烏亞這個人的消息。

在毛茅眼中看來，白烏亞是個溫柔、喜歡小動物，還有些反差萌，幾乎挑不出缺點的超級好學長！

所以他想要知道的是……別人眼中的白烏亞。

任何大小事情都可以，他希望能夠藉由這些，試圖拼湊出白烏亞受到動物排斥的丁點線索。

而提到消息，就會想到情報，就會想到八卦。

自然而然地，毛茅在第一時間就想到了有著「八卦王」別稱的林靜靜。

林靜靜可沒想到上課時會突然被人扔了小紙條，她納悶地看著滾落在桌面的紙團，好奇心讓她將它展開成一張縐巴巴的紙。

然後她就看到「我想要知道烏鴉學長的任何事」幾個大字。

林靜靜差點以爲是哪個白烏亞的愛慕者丟來的小紙條，她趁著講台上老師沒注意之際，連忙四下張望。

卻撞進一雙笑咪咪的金亮眼眸裡。

金色眼睛的主人還對她眨了眨眼。

林靜靜這下明白了，紙條的來源就是毛茅，壓根不是什麼她以爲的學長愛慕者。

林靜靜摸出抽屜的手機，快速發揮出盲打的功力，一串追問直接發給對方。

你幹嘛不用手機？

爲什麼突然問白學長的事？

你想幫他介紹女朋友或男朋友？

請我吃秋河堂我就把知道的通通告訴你？

約莫幾分鐘後，微震的手機顯示出有人發了訊息過來。

一年五班的副班長偷偷摸摸地點開聊天頁面，果然是紫髮男孩發過來的。

用小紙條比較有摸魚的感覺。

身爲直屬怎麼可以不多多了解學長？

沒有要介紹，妳想多了。

沒問題。

一見到最後一句回覆，林靜靜登時滿意了。她馬上快速地把自己所得知的各種小道消息發出去，然而就在她即將輸入最後一個字的瞬間……

來自毛茅的「危險」先跳了出來。

林靜靜心裡一驚，還沒反應過來是什麼危險發生，一道陰影已然從上方罩下。

數學老師就站在一旁，他屈起食指，在林靜靜的桌面上敲了敲。

那充滿節奏感的音節宛如索命鈴聲，讓林靜靜聽得膽戰心驚。

「呃，老師……我可以解釋。」林靜靜乾巴巴地說，「其實呢，是我的一個朋友遇上了感情問題，我怕不立刻開解的話，對方可能會想不開。所以說救人一命……」

「……妳說服我了。」數學老師板著一張臉說，「不過就只有這次，下不爲例，否則你們班的數學作業就會翻倍。」

劫後餘生的林靜靜猛地鬆了一口氣。要是作業翻倍的話，她這個副班長可就要成爲班上的罪人了。

林靜靜趕忙轉過頭瞪了毛茅一眼，還沒等到她無聲地做出任何抗議，就見到對方先用口形說出了「秋河堂，兩次」。

獲得兩次免費用餐機會的黑短髮少女心滿意足地扭回頭，不再有一絲怨言。

毛茅也慶幸著還好林靜靜沒受到老師的處罰，不然他心裡就眞的要過不去了。他迅速地查看之前對方發來的訊息，一目十行地記在心裡。

等晚一點，他就要去找另一位肯定對白烏亞也有幾分了解的人物。

木花梨。

木花梨和白烏亞是同班同學。

還是同班了快三年的那種。

從兩人平日的相處模式來看，不難看出他們之間的交情不錯。

毛茅靈活地戳按著手機螢幕，向木花梨傳送訊息。接著他將手機往旁一擱，改拿起了雙筒望遠鏡，展開一項暗中觀察的工作。

紫髮男孩趴在天台上，從他的角度可以清楚地窺見到三年一班的目標對象。

身高在一眾同儕中顯得格外突出的灰髮青年，坐在最後一排靠窗的位子，只可惜那扇窗並不是離毛茅最近的那排對外窗。

這代表著毛茅與目標之間的距離又更遠一些。

不過幸運的是，或者也可以說不尋常的是，灰髮青年的座位猶如被刻意隔離了，與其他張桌椅間隔特別大。

乍看之下，白烏亞的位子宛若是獨自漂浮在海上的孤島。

幸運，是毛茅不會受到不相關人士的干擾，可以更直接地鎖定目標。

不尋常，則是一般教室並不會用這樣的方式來安排學生座位。

毛茅的眉毛無意識擰得緊緊。雖說知道白烏亞總是和人保持距離，但當三年級教室裡的這一幕落入了眼底，一股難以言喻的複雜心情竄騰上來。

這節課是榴華高中統一的自習課，不管哪個年級都是一樣。

爲了讓學生們培養自律的精神，自習課不會有老師出現，這也是爲什麼毛茅可以順利地溜出來，跑到頂樓天台來進行他的觀察大業。

沒有老師在場，三年一班就算不至於是鬧哄哄，也比平常輕鬆許多。

偶爾可以看見有其他人找白烏亞說話，雙方間的交流看起來也很正常，就是後者的回應很簡短，從口形能判斷出幾乎都是單音節。

除了座位分布以外，倒是沒看出什麼異狀。

毛茅放下望遠鏡，拎著他的齒輪包包，找了一處靠牆的位置坐下。他盤腿坐在地板上，翻出手機重新看起林靜靜發給他的資料。

一，烏鴉學長的沉默冷淡是榴華學生公認的。

二，很多人想更進一步地認識烏鴉學長，但都徒勞無功。

三，烏鴉學長不喜歡和人過度親近，和班上同學的關係不會太熱絡。

四，中午常不見人影。

五，從一年級開始，座位就被特殊安排。

根據傳聞，烏鴉學長有吸引球或其他外來物的特質。凡是他坐的地方，容易發生棒球、排球、籃球、羽毛球飛過來；或小鳥撞過來、石頭砸進來的大小意外。而意外波及到的，往往是他的鄰座同學，烏鴉學長自身卻不會受到傷害。後來由他主動提出換位子，這類的事故才大幅度減……

最後的「少」字，林靜靜當時來不及補上，就被數學老師逮個正著。

毛茅垂著眼，視線停在最關鍵的第五點，擱在大腿上的食指敲了敲，一個想法逐漸成形。

他是不是能夠推測……烏鴉學長就是因爲自身周遭容易發生意外，才想和他人保持距離？甚至有沒有可能，讓學長身邊容易出意外的因素，同時也是小動物本能排斥學長的原因？

毛茅知道這個猜測有點異想天開，但就像他身邊的黑琅和毛絨絨都能說話和變成人，那麼還有什麼是不可能發生的呢？

在確認完林靜靜說的第五點符合他觀察到的景象後，毛茅在手機上靈巧地戳點幾下，發出了視訊的要求。

手機螢幕上很快就出現了一名五官明媚、笑靨溫暖的亮麗身影。

正是毛茅計畫要接觸的第二位人物，木花梨。

座右銘是「適當努力」的橘髮少女就和毛茅一樣蹺掉了自習課，從她後方背景來看，是待在除魔社的社辦中。

「木學姊，社辦裡只有妳在嗎？」毛茅問道。

木花梨拿著手機轉了一圈，讓另一端的毛茅看清社辦內的大致景象。

毛茅眼尖地捕捉到一抹華麗的白金色，他毫不意外時衛也選擇蹺課。

木花梨把鏡頭又轉回來，「就只有我和社長在呢。毛茅，你找我有什麼事嗎？」

「有的。」毛茅點點頭，膝蓋屈起，讓手機能夠穩穩地靠在腿上；一手準確地探進背包裡面，抽出了一包今天只吃了一半的洋芋片，「我想問問烏鴉學長的事……在學姊眼中，學長是個怎樣的人？」

木花梨沒有多想，坦然地告知，「烏鴉人很好、很優秀，還很喜歡貓……唔，他也很喜歡毛茅你。」

「畢竟他摸不到貓，只好摸像貓的你了，小不點。」時衛懶洋洋的嗓音從一旁傳來，「所以記得保持你這個還算可愛的身高，貓要小隻才好。」

「雖然我也很喜歡毛茅你現在的身高……不過你別理社長。」木花梨還是笑吟吟的，「他幼稚病一犯起來的時候，比三歲小朋友還煩呢。」

「我聽到了，花梨。」時衛不滿地咂舌。

「其實年紀可以再拉高一些的，學姊，例如五歲。五歲才是真正貓狗見了都嫌的年紀呢。」毛茅認眞地給予建議。

被認定是五歲的時衛小朋友哼了好大一聲。

木花梨和毛茅很有默契地一併忽視了時衛的存在。

木花梨接著說，「還有，烏鴉喜歡小動物，最喜歡的就是貓了，他一直認爲有貓才稱得上是人生贏家。不過現在毛茅你是他的直屬了，你有貓，四捨五入一下，烏鴉也算是人生贏家了呢。」

「聽起來的確很有道理。」毛茅摸著下巴，「不過我更希望烏鴉學長能眞正地成爲人生贏家。學姊，我想問一下，妳從認識烏鴉學長以來……他就沒有動物緣了嗎？」

「嗯……」木花梨發出一個代表思索的音節，大略回憶完畢後，她點點頭，「我和烏鴉是高一就認識的，他那時就不太受小動物歡迎。」

「學長也是那時就習慣和其他人保持距離嗎？」毛茅冷不防地丟出這一個問題，「我看過他在教室裡的座位了。」

木花梨一怔，眼睫毛不自覺地快速眨動幾下。她像是想要開口，但被另一道給人華麗感的男性嗓音快一步蓋過。

「想知道誰的事，就去問那個誰。」

接著毛茅聽見滾輪在地板滑動的聲音，木花梨的後方下一刻便闖入了時衛和他專屬椅子的影子。

「社長不用過來沒關係的，繼續玩你的手機去。」毛茅趕人似地揮揮手。

「錯。」時衛將手中的3C產品稍微舉高，「我可沒有一天到晚玩手機，這是平板。」

「好好好，你帥你有理。」毛茅敷衍地說。

「你這小不點……」時衛的眉毛末端揚得高高的，「你是不是越來越沒把我這社長放在眼裡了？」

「社長，你再吵我就要斷你網了喔。」木花梨語氣柔和地警告，隨後看向毛茅，她仍是揚著溫柔的微笑，「我想告訴你，毛茅，但是我沒辦法。」

「木學姊？」

「原因很簡單，因爲我……」木花梨的棕眸裡浮現一絲歉意，「並不清楚。」

「花梨妳退開一些。」待木花梨往旁邊挪動，時衛不客氣地霸住整面螢幕，「我剛跟你說了什麼？小不點，想知道誰的事就去問誰，何必在這裡用迂迴戰術浪費時間？」

「這可不叫浪費時間，這叫按部就班啊，社長。」毛茅振振有詞地說，「要先有基本的了解，這樣和當事人說起的時候，才不會什麼都不知道……所以，社長你知道嗎？」

即使毛茅的問話沒頭沒尾，時衛還是聽出他想問的是什麼。

紫髮男孩是在問他──

白烏亞總是與人保持距離，不願太過接近的原因，你知道嗎？

短暫的沉默蔓延在社辦內。

半晌，時衛主動敲碎了這片寂靜。

「小不點，我知道你想做什麼，你想幫烏鴉的忙。但你難道就沒想過嗎？」時衛天生就帶著一股子慵懶的聲音，透過手機，一字一句地敲入了毛茅耳中。

白金髮色、五官完美得近乎妖冶的美青年以手支著下巴，桃紅色的眼瞳直勾勾地看過來，那眼神彷如滲著驚人的力道，像能實質性地穿透螢幕。

「也許，烏鴉不喜歡你的幫忙。」

時衛的發言既像是挑釁，又像是在嘲笑人不要自以爲是。

但是毛茅無所畏懼地迎視回去，那雙金亮的眸子在夕陽輝映下，熾亮得不可思議，就像熔化的岩漿流淌，彷彿能讓人感受到灼熱的溫度。

「不喜歡不代表不需要呀，社長。」毛茅輕快地說，他的語氣和眼神如此率直，沒有受到絲毫動搖。

時衛知道這種眼神。

這是下定決心，就不會有任何改變的眼神。

片刻後，時衛扯動嘴角，漫不經心地笑開了，「你可眞是比誰都要有行動力……告訴你一個好消息吧，小不點。烏鴉對被他納入保護範圍內的人都特別有耐心，恭喜你，他的直屬正好就在這一個範圍裡面。」

身爲白烏亞直屬學弟的毛茅心領神會。

「謝啦，社長。」他比出一個敬禮的手勢，「下次請你吃三分之一包的洋芋片。」

時衛嫌棄地一擺手，區區洋芋片他才不看在眼裡。沒有再多說的心思，他一轉椅背，重新回到手遊的世界裡。

「社長眞的不會得網癮症嗎？」毛茅狐疑地問。

接手視訊的木花梨微微一笑，「別擔心呢，毛茅，必要時斷社長網就好啦。你有要做的事吧，快去做吧。」

「好唷。」毛茅咧開一個明亮的笑容，結束了與木花梨的通話。

把最後一片洋芋片塞入嘴中，紫髮男孩走到天台圍牆邊。他倚著牆，對著通訊錄上的一個名字按下了通話功能。

看著對面大樓教室裡的灰髮青年接起了手機，毛茅揚起愉快的笑容，朝氣滿滿地說：

「哈囉，烏鴉學長，約嗎？」

正如時衛所說，白烏亞對自己的直屬學弟格外包容，也格外有耐心。在聽見毛茅發來的邀約後，他二話不說地挪出了時間給對方。

兩人約在隔天的放學後。

想到小動物能讓人更加地放鬆心情，毛茅在前往赴約之前，先折回家裡一趟，將黑琅拎出門。

向來是毛茅去哪，就會堅決表示也要跟著去哪的黑琅，這一回卻是死命地拒絕。

「開什麼玩笑！朕才不要！」大胖黑貓緊緊地扒住鞋櫃不放，尖利的爪子在木頭上留下深深的抓痕，說什麼都不肯跟著出門，「朕拒絕！拒絕！朕才不要去見那隻白烏鴉！你不會帶他的同類過去嗎？」

「什麼？我嗎？我不要啊！」毛絨絨嚇得花容失色，當場從鳥形變爲人形。他猛力地搖著頭，甚至還破天荒地開始自黑，「毛茅你看，我長得肯定沒陛下美，給人的療癒力也沒陛下強，我願意在家裡掃地、拖地，甚至幫你洗內褲！」

「謝謝，不過內褲我自己洗就行。」毛茅給了一抹假笑，「不想去就先把生活費交一交喔，或是說好的滿滿一箱寶石。」

面對著紫髮男孩開朗的笑臉，毛絨絨卻是本能地一抖，他忙不迭地說，「去去去！我超級想去的，求帶我去！毛茅，千萬不要拋下我一隻鳥在家，太寂寞孤單的鳥很容易就死掉的！」

「朕聽你這隻醜鳥在放屁！別想趁機刷毛茅的好感度，你到現在可是連一顆寶石都沒上繳出來！」

「這這不是還沒找到……陛下，你也別掙扎了，就放棄抵抗吧！」

——反正你也從來沒贏過毛茅呀。毛絨絨這句話是放在心裡咕噥的，他不敢當面說出來，免得狂性大發的黑琅在他臉上留下長長的貓爪痕。

黑琅還是緊巴著鞋櫃不放爪，「朕就是不！毛茅你只能留下，或者陪朕！」

「那明明就是相同選項啊，陛下。」毛絨絨細聲地吐槽。

忙著捍衛自己珍貴肉體的黑琅沒聽見毛絨絨的話，他炸起一身黑毛，金瞳炯炯地瞪著自家鏟屎官。

毛茅吐出長長的一口氣，「傻了啊，大毛，你的選擇只有跟我走，或是被我強行帶走。」

「喵啊啊啊啊啊——」黑琅淒厲的叫喊響徹了整間屋子。

目睹大胖黑貓慘遭無情鎮壓的毛絨絨僵直不敢動，一瞧見把黑琅塞進包包裡的紫髮男孩往自己看來，他一哆嗦，趕緊「砰」地變回鳥球，用最乖巧溫馴的姿態窩到了對方的腦袋上。

一家之主摸了一把頭頂上的白雪球，再戳戳從背包口擠出來，臭著一張黑臉的大黑貓，很滿意地踏上了赴約的道路。

白烏亞一個人獨自在外租房子住，住的地方離榴華高中不算太遠。

毛茅之前曾去探望過生病的白烏亞，因此還記得對方家該怎麼走。

放棄逃跑的黑琅將兩隻前掌擱在毛茅的肩膀上，不爽地說，「老實講吧，你是要朕出賣色相還是肉體？沒有拿出對等的罐罐，朕可是不輕易答應的！」

「大毛醒醒，你沒有色相，從一開始就沒有。」毛茅伸手撓了撓黑琅的下巴，換來對方舒服地瞇起眼。

猛地意會到自己不該耽溺鏟屎官的抓撓中，黑琅立刻端起凶巴巴的語氣，「胡說，朕明明就國色天香、貌美無雙！」

「陛下，良心、良心……做貓不能這樣昧著良心的。」毛絨絨啾啾叫喚。

幸好路邊沒有其他人，否則就會聽見紫髮男孩帶著的一貓一鳥竟然都會口吐人言。

「朕句句發自肺腑，哪裡有昧著良心？」黑琅鄙夷地瞪視過去。

「你現在這句就很昧著良心呀。」毛絨絨用氣聲說。

但這細微的音量可躲不過黑琅的耳朵，他馬上再甩出去一記凶悍的眼刀子，那眼神裡充滿著各種威脅警告。

綜合起來就是——朕回去後要烤掉你的翅膀和屁股！

毛絨絨大驚失色，反射性用兩隻翅膀尖摀上了自己的屁股，不敢相信黑琅對自己覬覦的部位又多了一個。

毛茅向來是不管貓鳥之間紛爭的，他只是在適當的時候抬手，扶住差點從自己頭上滾下的圓白麻糬。

眼看白烏亞居住的公寓就在眼前，毛茅舉起一隻手，示意黑琅和毛絨絨都先別說話，免得把公寓的其他住戶嚇到。

毛絨絨立即身體力行地表達了「我很乖」。

黑琅擺出一張「誰都別煩朕」的臭臉。

來到白烏亞住的那層樓，毛茅剛伸手要按電鈴，那扇閉闔的大門猛地被人從裡面開啓。

灰髮青年面無表情地站在門口，額前的劉海像是爲了方便做事，所以用夾子夾起，夾子還是小花造形的，露出平時不常在人面前顯露出的光潔額頭。一雙冰藍色的眼睛在看見毛茅背包裡的黑琅時，乍地亮起了光芒。

白烏亞和以往不同的形象，讓毛茅感到有絲新鮮。他饒富興趣地看著自己的直屬，緊接著目光被對方額角上的一處疤痕拉過去。

那是一條顏色淡去的疤，不仔細看還看不出來。

注意到毛茅的視線，白烏亞下意識撫上額角，指腹一摸上那些微的凸起，頓時就明白小學弟看的是什麼了。

「好像是小時候撞到的，我自己也不記得了。」白烏亞說，順帶解釋了自己像事先預知般的開門行為，「我聽到電梯打開門的聲音。請進。」

「打擾了。」毛茅換上室內拖鞋，踏入了曾經到訪過的空間。

房內的風格很符合白烏亞給人的第一印象，走的是灰白為主要兩色的簡約，不過沙發上擺放的多枚貓咪抱枕柔化了幾分冷硬，同時也展現出屋子主人對貓咪的喜愛。

毛茅將背包一擱，黑琅飛快地跳出來，三兩步就竄到離白烏亞最遠的位置。金黃的眼睛凶巴巴地瞪著對方，大有「敢伸手，朕就送你一臉梅花印」的脅迫意思。

「大毛……」毛茅懶洋洋地拉長了尾音。

「喵！」黑琅不悅地反駁，旋即想起在這裡不用假裝自己是一隻普通但英俊的貓，他馬上氣勢洶洶地衝著毛茅吼，「朕可以勉為其難地為你犧牲肉體，但別想朕把心交給其他人！」

「沒關係，反正只要你的肉體就夠了。」毛茅動手速度飛快，一晃眼就把縮在角落的胖黑貓給凌空抓起，「學長，放桌上可以嗎？」

白烏亞努力克制著興奮的心情，臉上仍是淡然無波，他矜持地點點頭。

一等到黑琅一臉生無可戀地被放到長桌上，前一秒還坐姿端正、手腳一板一眼擺放著的灰髮青年，下一秒立刻火速地伸出手——

揉揉揉揉！

擼擼擼擼！

毛絨絨停在沙發椅背上，面露驚恐地看著白烏亞板著臉，手上動作卻是熱情洋溢，這反差看得他心驚膽跳，深怕對方擼完貓，之後會把主意打到自己身上來。

幸好白烏亞顯然就是沉迷於貓色中，難以自拔。

毛絨絨小心翼翼地用翅膀尖拍了拍自己的小胸膛，對黑琅投以了憐憫的眼神。

從來沒有這麼一刻，如此地慶幸自己是隻鳥。

黑琅強行按捺住想拔腿就飛奔回毛茅懷裡的衝動。他敢用毛絨絨的毛，發誓他家鏟屎官絕對會再笑容滿面地把他拉出來，送到那隻白烏鴉的面前。他使勁地黏在桌面上，背可以被摸，屁股也可以被摸，但他手感超級好的肚子……

想都別想！

白烏亞自是不會知曉黑琅的心理活動，能夠有貓咪願意讓他摸好幾把，他就相當開心了。縱使面上不顯，可他的藍眼裡確實是晃漾著笑意，有如細碎的星子跌入了冰藍色的湖泊水面。

毛茅托著下巴，一臉關愛的笑意。

好一陣子過後，白烏亞慢一拍地發覺到自己把直屬晾在旁邊了。他的耳朵尖覆上薄紅，小小聲地說抱歉。

「沒什麼要烏鴉學長你道歉的事呀。」毛茅笑咪咪地說，「其實是我有求於學長……唔，我想向學長打聽一些事。當然如果學長不是很想說的話，就請無視我的問話吧。」

白烏亞收回摸著黑琅的手，靜靜地注視著對面的紫髮男孩數秒。他給人的感覺總是冷淡，游離於眾人之外，又好像對許多事都不在意。

唯有和他相處過的人才會明白，那些都是外人加諸在他身上的刻板印象。

事實上，白烏亞的觀察力很敏銳。就算紫髮男孩尚未說出來意，他的心中也有個大概的底了。

「等我一下。」白烏亞忽地站起身，他走到廚房倒了兩杯茶，再走回來坐下。他將一杯推給了毛茅，完成招待客人的流程，才開口，「你想問小動物不喜歡我的事？」

前幾天剛發生過鬼屋黑貓房的小意外，現在毛茅又主動找來，白烏亞自然而然做出如此的猜想。

「嗯，身為直屬學弟，我覺得要更加了解學長才可以呢。」毛茅率直地望著人。

被那雙宛如流淌著金黃熔漿的眸子這麼一注視，令人不自覺就想答應對方的要求。

況且對於自己的直屬，白烏亞也不認為有什麼不能說的。

只是這還是頭一次有人主動靠上來，朝氣蓬勃又帶著不燙傷人的熱情地說想了解自己。所以，這讓白烏亞也有點手足無措，不過他鮮少顯露情緒的面孔很好地遮掩了這一切。

「我喜歡貓，或其他小動物。」白烏亞慢慢地說，「但是牠們不太喜歡我。我也不確定是從什麼時候開始，小時候我還是有摸過貓的……後來，後來就變現在這樣。」

白烏亞的嗓音很低，不細聽很容易被忽視。可他說得很認真，從他專注的神情和耳朵控制不住地發紅情況來看，不難看出他似乎也是第一次向他人聊起這些向來放在心裡的事。

他不善與人交際，散發冷漠感的外表又給了很好的掩護，旁人總是會自動退得遠遠的，就像他班上的同學們一樣。

交情深厚的除魔社社員們，則是認爲彼此間要保有各自的隱私，並不會主動深入探問。而有了好的開頭後，白烏亞發現繼續說下去，原來也不是太困難的事。

他說了沒動物緣的事，一點小時候的事，一點除魔社的趣事，還有……

他習慣和人保持距離的事。

等到重點的毛茅聚精會神地盯著白烏亞不放。

對這些沒興趣的黑琅跳下桌子，大搖大擺地四處走晃，彷彿把這地方當成自己的領地，而他是巡視的國王陛下。

灰髮青年神情寡淡，他就像是在用旁觀人的角度，不帶一絲抑揚頓挫地說：

「和我靠太近的人，容易發生意外。」

確切是從什麼時候開始的，白烏亞自己也不曉得。

就是突然有一天，和他往來比較密切的人陸續會發生一點小意外。

像是被球砸到，旁邊的玻璃無端裂開，走在路上被貓狗咬，或是被潑出的水澆淋一身。

如果只是一、兩次，那麼或許不會有人覺得奇怪。

可是當那些無妄之災一而再、再而三地發生，並且受害者的共通點都是不久前才和他有過長時間的接觸之後，「離白烏亞太近會倒楣」的說法，不知不覺地在他國小和國中同學間流傳開了。

本來白烏亞沉默的性子，以及精緻卻給人冷漠感覺的外表，就讓人感到難以相處；這條傳聞一出現，頓時更加沒人敢貿然上前接近。

過往求學期間，白烏亞已經習慣身邊總是空空蕩蕩，他人的喧鬧笑語對他而言，就像來自另一個截然不同的世界。

本來乖巧蹲踞在椅背上的毛絨絨被這番話勾起了好奇心。雖然他本能地不想和白烏亞有過近的接觸，可是……

他太想證實白烏亞說的究竟是不是真的了。

倘若和他接近時間太長的話，眞的會很倒楣嗎？就連鳥也會倒楣嗎？

強烈的好奇心壓過了抗拒，毛絨絨趁著沒人注意自己的時候，偷偷摸摸地拍著小翅膀，繞著圈子，迂迴地躲過毛茅和白烏亞的視線，來到了後者的頭頂上。

他小心翼翼地縮起翅膀，假裝自己是顆安靜的白麻糬，一動也不動地窩在白烏亞的灰髮之間。

什麼事情也沒發生。

毛絨絨放下心來，安安穩穩地霸佔了白烏亞的腦袋，然後控制不住地打起瞌睡。

就算白烏亞對自身過往說得雲淡風輕，可是毛茅幾乎能在腦海中勾勒出一個小小的學長，在人群中獨來獨往的景象。

光是想像這畫面，就讓毛茅心裡的父愛忍不住要大爆發了。

烏鴉學長是那麼好的一個人，不該被這樣對待！

「學長。」毛茅的雙手交疊一起，身子微地前傾，稚氣的臉蛋上擺出了再嚴肅不過的表情，「你想不想當一個眞正的人生贏家？」

白烏亞愣了愣。

「有貓才是人生贏家，對吧？」毛茅直勾勾地看著白烏亞，「想想貓咪柔軟的肚子、肉球，還有肥美的屁股……等等，這個好像要看貓限定，畢竟要胖得像大毛一樣也不容易。」

「朕聽到了！」黑琅火大的聲音傳來，「朕哪裡胖？明明就瘦得像條閃電！更不用說朕還身輕如燕！」

「那都是虛假廣告，學長你千萬別相信。」毛茅不客氣地拆了自家寵物的台，「烏鴉學長，你還記得沒動物緣和有人接近你可能會出小意外，這兩點是誰先誰後的嗎？」

白烏亞一時間像被問住了，他以往眞沒仔細想過，只是默默地接受了這個發生在自己身上的現象。

「我……」那張精雕細琢般的面容浮上了一抹的遲疑，「不是很確定時間點，但好像差不多？」

不管是被動物討厭或是被人疏遠，在他意識到的時候，兩者似乎就已經存在了。

「我覺得事出必有因。」毛茅認眞地說，「學長你身上發生的事，眞的一點也不尋常。如果我們能找到原因，並且把它解決掉的話……」

毛茅直起身子，鏗鏘有力地說著，每一字都散發強烈的情感渲染力。

「養幾隻大美貓，走上人生巔峰，絕對不會再是夢想的！」

如同被紫髮男孩驚人的氣勢震懾住，白烏亞呆呆地點了點頭。

一直到毛茅準備告辭離開，灰髮青年都還有些發懵。

「大毛走了，該回去了！」毛茅揚聲呼喊著還在巡視新領地的黑琅，接著又發覺沒看見毛絨絨的蹤影，「咦？毛絨絨呢？毛絨絨！」

在白鳥亞頭上的毛絨絨瞬時被驚醒，他茫然地左右看看，一時像弄不清楚自己在何方・等到他回過神，急忙飛回毛茅肩側的刹那間——

一股子涼意冷不丁地襲來，讓他的雞皮疙瘩都要成排豎起了。

就好像，就好像……

有人在瞪他！

還沒等毛絨絨想著要不要告訴毛茅自己在屋子裡感受到的異樣感覺，接下來發生的一連串意外，當即讓他再分不出餘力去想。

只不過是從樓上到樓下，再從中庭走到大門口這短短的路程中——

毛絨絨就歷經了被嬰兒車內的小嬰兒扯下一根他引以爲傲的尾羽，被搭電梯的住戶不小心用裝滿可樂的購物袋打到，又被突然的強風颳進中庭的水池裡，成爲一隻落湯鳥。

當毛絨絨可憐兮兮地被毛茅打撈起來，他再也承受不了打擊，豆大的淚珠成串地飆出來，登時在毛茅的掌心裡哭得撕心裂肺。

「毛茅啊！你學長是不是眞的有毒啊！我只是在他的頭頂上窩了十分鐘，爲什麼就會遭到這種對待！」

「我從來、從來就沒有這麼倒楣過的！嗚嗚嗚……嗚嗚嗚嗝！嗚嗚……嗝！」

雪球鳥哭得都打起嗝來了，他的抽噎聲頓時變得斷斷續續，豆子似的眼睛一片濕潤。

「難得朕覺得你的聲音挺悅耳的。」黑琅施施然地評論著，「你不開心，朕就特別開心了。」

毛絨絨這下哭得更大聲了。

好過分，太過分了！備用糧食就沒有糧食權的嗎？

然後毛絨絨不禁又悲從中來。

因爲還眞的沒有。

要怎麼安撫一隻哭哭啼啼的鳥，毛茅的辦法很簡單，就是直接把毛絨絨丟給黑琅。

大黑貓的眼中亮起不懷好意的光芒。

忙著躲避邪惡之爪的毛絨絨果然立刻忘了哭泣，一心只顧著撲騰翅膀奮力求生。

任憑一貓一鳥互相折騰，才走出白烏亞住的公寓一小段路，毛茅就聽見手機傳來鈴響。他接起一看，螢幕上跳出的名字赫然就是「烏鴉學長」四個字。

毛茅下意識地回過頭，從他的位置還能瞧見白烏亞住的樓層。

很快就有人從室內走到陽台。

灰髮青年低頭向下望，發現那抹亮眼的紫色後，舉起了手，像在告訴對方自己看到他了。

「我想了想。」白烏亞語速不快，每一字每一句都像經過深思般，「你說的很有道理。」

「學長決定要一起來當人生贏家了嗎？」毛茅愉快地說，朝著白烏亞所在的方向握拳，作勢要和對方碰撞，「這樣你未來也可以成為有貓的人啦。」

陽台上的人影像是有些靦腆地慢慢舉起手，然後也朝空中虛撞一下。

「過幾天，我會回家一趟，問問家人以前的事，也許能發現什麼也不一定。」白烏亞低緩的聲音忽地又轉小，「……還有，謝謝。」

謝謝你主動靠過來。

也謝謝你願意幫忙。

毛茅沒問對方為何道謝，他只是語調活潑地說，「為學長服務是學弟的榮幸，學長只要之後請我吃洋芋片就可以啦！」

手機內傳出了一聲類似笑聲的含糊音節。

覺得逗笑白烏亞的毛茅感到挺有成就感的，雖然知道這距離看不清對方的臉，但他還是下意識抬起手，遮著日光，腳尖踮起，努力地遠眺。

然後，金澄色的瞳孔驀地一收縮。

灰髮青年的背後霍地有抹泛著幽藍光芒的人影浮出，緊接又像電視雜訊似地消隱無蹤。

那速度太快，快得讓毛茅幾乎以為自己看錯了，又或者是夕陽光輝折閃所產生的錯覺。

毛茅愣在原地，一時半會只能怔然地望著同一個方向。

「毛茅？」白烏亞的詢問聲從手機裡傳出。

「啊，沒事。」毛茅當下穩定心緒，輕快的語氣裡全然沒有洩露出異樣，「那就先這樣了，掰啦，學長。」

對陽台上的那抹身影揮揮手，毛茅一轉頭，臉上的笑意頓斂，眉毛忍不住困擾地皺起。

眞的是他看錯嗎？還是說……

無預警間，森柒曾說過的話驟然在他的腦海中躍出。

「這是一種籠統的說法，反正就是那個人身上可能有一般人看不見的『什麼』，但是動物感覺得到，然後那個『什麼』，讓動物感到害怕、排斥。」

假如他方才不是眼花看錯，那麼……

讓烏鴉學長異常沒有動物緣，甚至讓靠近他的人容易發生意外的主要原因，有沒有可能就是……

幽體？

第五章

自家直屬究竟有沒有被幽體纏上？

老實說，毛茅還真不知道。

一來，那一天見到的影像只是轉瞬間的事，有很大的機率或許是光線折射製造出的錯覺。二來，假設那真的是幽體出沒，但也有可能是白烏亞住的那棟公寓剛好就在對方的可活動範圍內。

毛茅還記得關依月在講座上曾提及，幽體必須靠著憑依物才有辦法移動。一旦憑依物移動，那麼幽體能活動的區域就會跟著轉換。至於範圍大小，視幽體的自身情況而定。大多數時候不會大得太誇張，常見的都是方圓幾百公尺到一公里內。

如此一來，在確認非眼花的情況，也還是很難判定那位幽體先生或小姐會不會就只是一時心血潮來，散步到白烏亞的身後了。

不過毛茅還是把這個可能性先放到心裡，等日後有更進一步的發現，再重新拿出來研究。

現在，他還有一件更重要的事情須要處理。

之前白烏亞說要回家一趟。

這帶給了毛茅一個啓發。

原本關於白烏亞的特殊狀況，他打算詢問的對象有林靜靜、時衛、木花梨，當然也包括當事人的白烏亞。

如今，他決定再加上一個新目標——海燕。

縱然白烏亞對海燕似乎毫無印象，不過後者表現出的態度亦不像作假。

不管如何，既然是小時候認識的青梅竹馬，就表示海燕對當時的白烏亞有幾分了解，對他身邊曾經發生過什麼事，想必也會知其一二。

或許，能獲得使事情有新突破的線索也說不定。

基於這個想法，毛茅趁著假日又前往了花曜文創園區一趟。

貓咪還是悠悠閒閒地在四處徘徊、走動，偶爾才願意施恩似地走向遊客，向他們喵喵叫幾聲，或是蹭了蹭他們的腳，要他們趕緊蹲下來，貢獻上他們的手，爲偉大的貓咪撓撓耳朵、下巴。

毛茅特別地有貓咪緣，他沒有做什麼，就有好幾隻大小貓咪直奔他而去。

想到家裡那隻嫉妒心爆棚的胖黑貓，爲免讓對方又指責自己出外勾三搭四、拈花惹草，毛茅靈敏地避開那些貓咪，不讓自己的褲子上沾到貓毛或是屬於貓咪的氣味。

這一幕落在其餘遊客眼中，簡直是羨慕得不得了，偏偏換作他們時……爲什麼貓都叫不來呢？

毛茅按照著上回的記憶，繞到了被租借爲鬼屋場地的展覽館外。竊竊詭語的鬼屋前仍排著不短人龍，大部分都是年輕男女，周圍還可以看見穿著淺粉色背心的工作人員在指揮著隊伍，以免妨礙到園區其他遊客的動線。

毛茅在入口附近打量了一圈，沒有見到那名紫頭髮的女孩子。

他霍地想起上回是在出口處見到，連忙又繞到鬼屋的後方。

出口附近站著幾名同樣穿著背心的工作人員。

可是，卻沒有發現海燕的身影。

毛茅不確定對方是不是待在鬼屋裡幫忙，正當他打算直接上前詢問之際，一道意料外的聲音忽地喊住了他。

「你是毛茅。」

那聲音有點微弱，不細聽很容易忽略。

毛茅耳尖地捕捉到自己的名字，反射性回過頭，映入眼中的是一名陌生的長髮少女，穿在身上的粉色背心則說明了她是鬼屋的工作人員。

少女頭髮很長，一頭淡粉色的髮絲綁成兩束，末端差不多到小腿肚的位置。就連額前劉海也顯得有些過長，遮住了她的眉毛，甚至快要蓋到眼睛。

她的皮膚和瞳孔都像缺乏色素，膚色過於蒼白，透出了不健康的虛弱味道。眼珠子是很淡的灰色，倘若不仔細看，猛一乍看下，幾乎要誤以爲她的眼睛是一片白茫。

就算少女是站在陽光底下，溫暖的光線也軟化不了她身上那份陰沉病弱的氣質。

而其中最引人注目的，莫過於少女腰間掛著的一個巴掌大吊飾。

那是一個有著五官的灰色星星，表面的縫線歪歪曲曲的，相當粗糙，同時也讓它的眼睛和嘴巴部分看起來格外駭人。

就某方面來說，是和鬼屋氣氛很契合的裝飾品。

但毛茅卻忍不住多盯了幾秒，他就是覺得怎麼看怎麼眼熟。

那顆星星……眞像冥王星寶寶裡面的小灰呀。

只不過是恐怖片版本的。

發覺到毛茅的視線盯著自己的吊飾不放，整個人顯得色素寡淡的長髮少女扯動嘴角，拉出一個像是肌肉僵硬的奇怪弧度。

毛茅決定把它認爲是笑容，他不吝惜地回了一個露齒的開朗微笑。

「妳好，妳認識我？」他主動打著招呼

「認識。」少女小小聲地說，「你是毛茅。」

如果離近一點就會發現到，她僅僅是音量微小，卻沒有顯露出任何怯懦。相反地，語氣還透著奇異的陰森感。

這是毛茅第二次從對方嘴裡聽見自己的名字，然而他對面前這名揉合多種矛盾的粉色長髮少女卻毫無印象。

直到她說：

「我是黑梟。」

簡單的兩個字，卻讓毛茅驚訝地張大了眼。他確實是知道「黑梟」這個名字的，從除魔社不只一人的口中。

他沒想到今天居然會這麼湊巧，碰上了這名一直只聞其名、不見其人的除魔社二年級學姊。

「學姊妳好。」毛茅乖巧地加上敬稱，「學姊在這打工嗎？」

「我在，尋找靈感。」黑梟的聲音還是小小的，她低頭撥弄了一下掛在腰間的玩偶吊飾，眼裡透出憐愛的情緒。但一抬起頭直視毛茅後，那抹情緒又杳然無蹤了，「你在找什麼？」

「我想找海燕，她也在這裡打工。學姊認識她嗎？」毛茅問。

「你找不到她。」黑梟說，「她今天沒來。」

平板地吐出這一句話後，這名長髮少女就用那雙似乎不會眨動，瞠大時顯得格外懾人的灰眼珠直直地盯著人。

盯到毛茅差點都以爲——對方該不會看穿他背包裡塞的，是他特地衝去便利商店買的梔子花洋芋片？

量少、期間限定，味道據說很一言難盡。

不管再怎麼一言難盡，身爲洋芋片的迷弟，就是要用愛包容它。

頂多眞的難吃的話，再買包其他口味就好嘛！

就在毛茅已經忍不住懷疑，這位學姊該不會是想上前搶奪他的洋芋片的時候……

以爲不會再開口的黑裊出聲了。

「是誰最先跟你提到我的？」

這問題問得有點古怪，毛茅第一時間想要回答時衛。但他的目光碰巧滑過了那個像從恐怖片裡出來的灰色星星，直覺讓他在瞬間改變了來到舌尖上的答案。

「是木學姊呢。」毛茅微笑地說。

這就宛如是一個成功的通關密語。

登時就見到明顯欲往鬼屋方向踏出一步的黑裊，霎時把那一步又轉了回來。她的聲音還是細細的，但比之前多了一絲人氣，不再那麼陰沉。

「她是蜚葉除污社的，你可以找時衛，讓他以社長身分出面，替你聯繫蜚葉除污社。」高二的黑梟在提及時衛時，連敬稱都沒加上，「或是你在那有認識的人，直接找那個人幫你。」

「啊！」毛茅豁然開朗地一擊掌心，假使沒有黑梟提醒，他還眞忘了有這麼一個快捷的辦法。

他在蜚葉除污社的確有那麼一位熟人。

社長，海冬青。

「謝謝妳的提醒了，學姊。」毛茅眞誠地道謝，「下次有機會請妳吃洋芋片。」

「我不喜歡洋芋片。」黑梟直白地拒絕了，「你可以走了。」

「好喔，學姊掰掰。」面對這位個性古怪的學姊，毛茅還是一派悠閒的笑意。就算黑梟已經轉頭往鬼屋出口處走，他還是揮了下手，作爲禮貌上的道別。

不過毛茅也沒想到，就在他接著也要離開的時候，他的腳步倏地被人喊住了。

「你等一下。」喊人的赫然還是黑梟。

也不知道這名粉色長髮少女是從哪裡拿出了一顆小水晶球，她捧得高高的，淡灰的眼瞳裡像折閃著水晶的流光。

這讓那雙淺淡的眼睛更加地詭異。

「這是看在花梨學姊的面子上，才告訴你的。」

黑梟站在原地，對毛茅勾起兩側的嘴角，不常動的肌肉讓那抹弧度在日光下，看起來就像是一抹陰森森的詭異微笑。

「你今天有水難，請多多小心。」

就連理應關心的語氣，也是陰森森的。

無緣無故被人說今天有水難，毛茅倒是一點也不在意。

他家的黑琅和毛絨絨有時候會突然瘋迷起看不同的星座運勢節目，那一陣子，他幾乎天天被語重心長地警告著處女座今天將會巴啦巴啦巴啦……

搞得像他只要一出門，就會遇上各種飛來橫禍。

事實證明，他至今還是活蹦亂跳的。

依舊是個活生生，而且熱愛洋芋片的帥氣男孩子！

毛茅一轉頭就將黑梟的警告拋到腦後了。他沿著花曜文創園區的主要幹道走，一邊靈巧地避開那些前仆後繼、試圖投懷送抱的各色貓咪，一邊掏出手機，找出了之前被蜚葉除污社社長強行輸入的號碼。

「海冬青」三個字在螢幕迅速跳出，撥號聲隨之響起。

一會後，屬於青年的低沉聲音取代撥號聲，進入了毛茅耳內。

「喂？」

「哈囉，小青。」

自從接受了身高直逼一九〇、五官凌厲深刻、氣勢迫人的蜚葉除污社社長，竟然就是當年的柔弱小鄰居這個事實後，毛茅很快地又和海冬青熟稔起來。

「小青」就是他和黑琅以前對海冬青的暱稱。

「你好，毛茅。」讓人難以想像是高中生的冷硬嗓音傳來，「是琅哥回來了嗎？我可以請你們吃飯了嗎？」

「很可惜，並不是。」毛茅遺憾地說，「是我有件事想請你幫忙一下。」

手機裡一陣沉默，不過毛茅知道那是對方在等他把話說完。

他也不賣關子，「海燕是你們社團的人對吧？你可以幫我約她見個面嗎？我這邊會帶其他女孩子一起同行的……唔，等等，你們都姓海，不會是親戚關係吧？」

「不是，剛好同姓。」海冬青否認，「琅哥什麼時候會回來？假如我幫你的話，他會提早時間回來嗎？」

那日在榴華除魔社重逢時，對於「琅哥」的去向，即便本尊的黑琅就懶洋洋地趴在毛茅懷裡，毛茅還是臉不紅氣不喘地編出了「他在外面，還要一段時間才會回來榴岩市」的謊言。

海冬青自是沒有懷疑，只不過他兩、三天就會來詢問一次。

毛茅拿這位「琅哥」迷弟也快沒辦法了，所以他決定——

「放心，絕對會提早，包准讓你過幾天就能和他見到面了，他肯定也很想見你的。」毛茅爽朗地說，頰邊浮現淺淺的小酒窩，「那就麻煩小青你啦，聯絡好再跟我說喔，掰啦。」

——直接將黑琅給賣了。

手機鈴聲乍響的時候，林靜靜差點覺得自己的心跳要停止了。

她前陣子才換了一首凌淨特別推薦的歌，外國男歌手唱的，特別性感。

只不過這首性感歌曲的開頭，是一段男人的喘息聲。

平時聽還不覺得怎樣，但換在四下無人的夜晚裡，一響起的那瞬間——林靜靜當場頭皮一陣發麻，涼意從腳底竄到腦門，幾乎要以爲自己身邊出現變態了。

幸好她很快就反應過來，喘息聲來自於自己的手機。她手忙腳亂地趕緊翻出手機，帶著怨恨的力道用力戳上了介面上的接聽鍵。

「喂！」就連口氣也是控制不住的凶巴巴。

對邊安靜幾秒鐘才說話，「林大靜，妳吃炸藥了？」

「靠，凌小淨……」林靜靜蓄起的怒氣就像被戳了洞的氣球，洩得一乾二淨。她垮著肩膀，有氣無力地說，「妳這時候找我幹什麼？我險些被自己的手機鈴聲嚇死……」

「啊？怎麼會？妳的鈴聲不就是我推的那首歌嗎？不是超級性感的嗎？」

「那也要看時間聽啊……妳一個人走在路上，旁邊又都沒人，還黑漆漆的。突然一個男人的喘氣聲在妳耳邊響起，最好妳不會嚇死。」

「呃，被妳這樣一說……挺恐怖的。」

「都是妳的錯！」

「才不是呢，是誰說這個男人的喘息很性感的，硬要我把歌傳給她的啊？」

「……是我。」

「所以是妳自己的錯。」

凌淨得意洋洋的語氣在夜裡聽得林靜靜很想打人，她「切」了聲，繼續邁著步子往前走。

「妳找我幹嘛啊？」

「沒啊，就問妳明天中午想吃什麼……妳人在外面？」

「嗯啊，我在……」林靜靜停頓了一下，抬頭搜尋著附近有沒有醒目的路標或特定的建築物，「在桐花路，就是快接近花曜文創園區那邊。對了，我忽然想到一個跟花曜文創有關的鬼故事。」

「啊啊啊！我不聽、我不聽！」雖然人在家裡，但凌淨還是壓不住對鬼故事的害怕，「林大靜妳眞的太壞了，就不怕自己先遇到嗎？妳可是快要接近花曜文創了耶！」

「因爲是故事嘛。」林靜靜毫不在意地聳聳肩膀。

凌淨氣呼呼地又嚷了幾句，也不管自己還沒問到明天中餐的內容，就逕自結束了通話。

林靜靜早習慣好友說風是風、說火是火的性子，不過經對方那麼一提，她倒是開始認真地思考明天中午該吃什麼。

不知不覺中，她來到了花曜文創園區的正門前。

過了營業時間，園區裡的店面皆已暗下燈，唯有主要道路上的路燈猶然盡職地亮著。

昏黃的燈光灑落下來，白日裡顯得明亮清淨的園區，在此時則展現出另一番風貌。

再配合上幾隻窩在陰影裡，眼睛散發著懾人綠光的野貓，讓林靜靜來形容的話……就是很適合說鬼故事的地方。

林靜靜拐了一個彎，繞進這個戶外依舊是二十四小時開放的園區當中。

當然，她並不是一時興起，想親自體驗一下鬼故事的氛圍。她只是打算縮短回家的時間，從這裡直接橫切穿過園區，可以省去一段彎路。

想到凌淨輕易就被自己隨口一提的故事嚇退，林靜靜不免覺得有幾分好笑。不過她也沒騙人，她的確聽過一、兩個關於花曜文創園區的鬼故事。

一個的地點是在女廁裡。

一個地點則是在……

林靜靜的腳步不自覺頓了一下，她發現自己已來到園區後半部分的藝術大道上。

這裡有不少藝術家的工作室，同時也碰巧是林靜靜知道的第二個鬼故事的發生地點。

林靜靜還記得內容，大致上是夜深人靜的時候，會有詭異的發光人形跑出來，據說是哪一間工作室的人體模特兒的材料裡混進了骨灰。

一聽就是隨便瞎編出來的故事。

林靜靜光想都覺得暗自好笑，誰那麼閒會把……

嚇！

只差那麼一點點，林靜靜真的要驚呼出聲了。她反射性摀住自己的嘴巴，黑框眼鏡後的杏眸瞪大。

左前方的排屋邊角，有幽藍色的光。

不、不會那麼巧吧……林靜靜吞了吞口水，隨即又急忙揮去腦中不受控制的胡思亂想，她不斷地要自己想想之前幽體講座的內容。

關老師不是說了嗎，真正的鬼其實只是殘存的能量體，沒有那些影視作品中說的那麼嚇人，頂多是發光的人形輪廓……

林靜靜險些被口水噎到。

發光……前前前前面不就在發光嗎!?

林靜靜的心中彷如有兩個小人在進行拉鋸戰，一個心驚膽跳地說快走；一個好奇心爆棚地說就看一眼，好歹弄個明白。

好奇心最終壓過害怕。

林靜靜放輕呼吸，腳步聲跟著壓低。她靠著屋子的外牆一步步地往前挪，再大著膽子地探出頭——

戴著黑框眼鏡的短鬈髮少女徹底地鬆了一口氣，繃緊的雙肩順勢鬆懈地垮下。

藍光的來源是個戶外藝術裝置，外形就像是一個可愛的迷你太空人，就是它圓圓的頭盔在發光。

林靜靜走到發光小人的面前東看西看，接著藉由光線的照射，注意到前方的玻璃窗後好像有什麼東西。

未消退的好奇心讓她踩著步子上前，她湊近那間工作室的窗戶前，張大著眼睛打量室內。

原來裡頭擺放著幾個未完成的雕塑。

滿足好奇心的林靜靜打算離開，然後她的表情僵住了，抓在手裡的包包「啪」地落下。

在水泥地上砸出一聲悶響。

透過玻璃窗的反射，林靜靜能清楚地看見有什麼正緩緩地從她的頭頂上方垂下……

起初那只是散發詭異藍白色光芒的線條，接著出現更清晰的輪廓。

那是一個屬於人類形狀的輪廓。

飄揚的線條是長長的髮絲。

簡直就像是有一名體型嬌小的女性，也或許是一名小女孩，呈現倒吊的姿勢慢慢地由上方出現。

幽幽幽……林靜靜的嘴唇微顫，「幽體」這個簡單的音節卻難以順利發出。

她作夢也沒想到，自己居然會碰到眞正的幽體！

就和關依月描述的、和影片上見到的一樣——擁有著人形輪廓，表面光滑，邊緣散發著在夜色中特別陰森的藍白色幽光。

林靜靜大口地吸氣，她記的很清楚。

幽體，也就是鬼，基本上沒有危險性，它們就只是出現在固定的範圍內。通常很快就會消失的。

只要別去撿拾幽體出現地區裡的任何物品，除非想要把幽體帶回家。

默背著這幾條基本知識的林靜靜逐漸不再那麼緊繃，她小心翼翼地彎身撿起包包，想要趕緊離開這個地方。

可是就在她一抬頭——

短髮少女的瞳孔遽然收縮，臉上的肌肉更是凍結成名爲「驚懼」的線條。

不知何時，倒映在窗戶玻璃上的已經不再是泛著藍白幽光的輪廓，而是無數像隨時會褪去顏色的蒼蒼灰髮。

原先環繞周遭的死寂中，隱約有海浪聲一波波地襲來。

嘩啦……嘩啦……

伴隨著細細的空茫歌聲。

太過尖細的歌聲令人判斷不出聲音主人的年齡，它有若附骨之蛆，深深地鑽進了聽聞者的耳中。

與其說是歌，更不如說是純粹哼唱的旋律。

林靜靜全身僵硬，在浪濤聲與歌聲中，她又聽見有人像是竊竊私語般拊在她耳邊說著。

「好像是妳……好像不是妳……」

那些毫無生氣的灰色髮絲，就好比是大量的蛛絲，從上空垂下，絲絲縷縷貼附在林靜靜的臉上、手上、身體上。

冰涼刺骨的寒意從那些灰色的頭髮上傳來，滲入了她的四肢百骸。

林靜靜控制不住渾身的顫抖，「恐怖」兩字如今就像實質化地呈現在她的面前。

一雙細幼且泛著死氣的蒼白手臂，悄無聲息地從她的頸後探出，在她僵直著身子、牙齒打顫的瞬間，同樣冷冰冰的手指貼上了她的皮膚。

然後粗暴地將她的脖子扳起，令她只能被迫仰高頭。

「啊啊，雖然有沾上味道……但不是妳……」

林靜靜大睜的眼裡布滿血絲，收縮的瞳仁裡倒映出她至今見過的最駭人景象。

漫天的灰色髮絲裡，一張沒有血色的臉從髮間露出部分。死白的臉龐上分布著泛著冰冷滑膩光芒的鱗片，銀色的豎長瞳孔讓人反射性就想到凶猛殘暴的野獸。

然而這些該屬於非人的特徵，全都是集中在一個人的身上。

不不不，這不可能是人……這是……

林靜靜驚懼地挪轉著眼珠子，目光艱困地落至了地面，接著一股子寒意直抵腦門。

水泥地上，不知不覺中竟遍布著猶如黴斑的片片斑紋。

青白色的花紋圍繞在她的腳邊，極細的菌絲在空氣中飄蕩……

林靜靜知道這是什麼了，她曾經目睹過同樣的存在。

這是——人形污穢！

抓住她頸項的細幼雙手驟然鬆放開，林靜靜跌坐在地，她只記得用力尖叫。

她看到灰色的魚尾巴像要朝自己拍擊過來。

她真的用盡力氣尖叫了。

夜晚時分，一輛公車停在了榴華高中對面的馬路，一名紫髮男孩匆匆地跳下車。

就在十幾分鐘前，毛茅接到了一通來自林靜靜的電話。

林靜靜的聲音聽起來相當惶恐，像受到莫大的驚嚇，就連說起話來也有些語無倫次。毛茅能聽懂的只有「我看到了」、「是那個」等詞彙，隨即電話就換人接手。

除魔社的副指導老師言簡意賅地說，「林靜靜被送到我這裡來了，你過來就知道。」

毋須點明，毛茅就反應過來「這裡」是哪裡。

是伊聲的保健室。

既然伊聲不打算在手機裡解釋狀況，毛茅不敢多耽擱，立刻趕往榴華高中。

這個時間點如果走正門，省不得要被警衛多問幾句，並且還要登記資料。毛茅不想多浪費時間，他熟門熟路地挑了一處監視器拍攝不到的死角，幾個步伐加速，馬上敏捷俐落地翻過了比他高上許多的圍牆。

那道瘦小身影有若一隻身形輕巧的貓咪，無聲無息地落足在地面上。

毛茅迅速站直身子，視線往周邊掃視，一確定附近沒有校警巡邏，馬上拔腿往保健室的方向移動。

保健室的門是掩著的，沒有完全關起。

然而還沒等毛茅先敲門，門扇就被人從裡面拉開，伴隨而來的是一杯液體潑了出來。

不偏不倚都落在正巧站在花圃前的毛茅臉上、衣服上……

紫髮男孩一臉發懵，任憑水珠從眼睫毛和臉頰上滑落，腦中只剩下一個念頭。

啊，眞的有水難耶。

想順勢澆花的那人顯然也沒想到外面剛好有人，她愣了愣，隨即眉毛高高地挑揚起，從對方頭頂那綹精神抖擻的小鬈毛認出了他是誰。

「毛茅。」

聽見這低啞嗓音的毛茅驀地回過神，他伸手抹了一把臉，接著又像小動物般甩甩頭髮，讓水珠飛濺出去。

一隻手迅速地伸出來，按住了那顆毛茸茸的紫色腦袋。

「別甩了，水都噴到我身上來了。」低啞嗓音的主人說。

那是一名約莫二十來歲的女子，穿著一身像染了血的醫生長袍，黑白相間的半長髮絲亂糟糟地隨意紮綁成一個馬尾；黑框眼鏡後的雙眼在夜間亮得驚人，亦銳利得驚人，似乎任何祕密都會被她一眼看穿。

「還不都是伊老師妳先把水潑到我身上來的。」毛茅理直氣壯地說。

要換作是其他學生，伊聲早就不客氣地賞給對方的額頭一記響亮強力的彈指。但是面前的紫髮男孩在她眼中，宛如一顆自帶哀怨氣息的小鬈毛饅頭，莫名地戳中了她的萌點。

「行了，我哪知道你這麼巧在外面，你來得比我想像的快。」伊聲長臂一伸，揉了揉毛茅的頭髮，順勢把人拉進，「你得慶幸我只是把剩下的開水倒掉而已，不是潑什麼危險藥劑。」

「不，一般的保健室老師才不會這麼幹呢。」

「喔，你都說一般了嘛。」

「伊老師偶爾也可以考慮當一下一般的老師啊。」

毛茅眞誠地拋出了自己的建議，跟著伊聲走進了保健室，第一眼就先看到有著超強存在感的金髮青年。

時衛穿著簡單隨性的便服，但依然不減損他天生的華麗氣質。他雙手抱胸，神情懶散又漫不經心的，左眼下的一點淚痣在燈光映照下彷彿越發妖冶。

「社長？」毛茅訝然地頓住步子，「你怎麼也在？」

「因爲是我去把林靜靜帶過來的。」時衛放下了手臂，簡單地點個頭當成招呼，「前情提要，我收到花曜文創園區那邊有污穢出沒的通知，去了，然後只看到林靜靜。」

「呃……」毛茅委婉地說，「社長，你的前情提要可以再長一點、詳細一點沒關係。」

「我來說好了……」有絲虛弱的女聲從裡頭飄出來。

「靜靜！」毛茅三兩步地往裡面走，看見林靜靜從病床上撐起身子。她看起來飽受驚嚇，但整體似乎沒有大礙，「妳還好嗎？」

「除了差點被嚇死外……」林靜靜撫著胸口，乾巴巴地說，眼中還有未散的驚悸，「我之後肯定會作好幾天惡夢的，還有我暫時再也不想聽鬼故事了。」

居然會讓熱愛八卦和各種不可思議傳聞的林靜靜放棄鬼故事，毛茅微皺起眉，再聯想起電話裡的隻字片語。

「靜靜，妳碰到幽體了？」

「一開始我也以為是幽體……」林靜靜一回想起就忍不住打了個寒戰，她環住自己的肩頭，努力把整件事的來龍去脈向眾人說個清楚。

她說，她本來要從花曜文創園區抄近路回家的，結果在其中一間工作室外看到了宛如幽體的發光輪廓。

「那像是一個小女生，可是她很快又出現了完整的樣貌……」林靜靜深吸一口氣，可吐出的聲音還是有些不穩，「她有灰色的長髮，臉上有鱗片，眼睛是銀色的瞳孔，像野獸一樣是偏向橢圓形。我還聽到歌聲、海浪聲，她好像說了是妳、不是妳……我、我不太確定……」

林靜靜的喉頭滾動一下，嗓子發乾地擠出最為關鍵的部分。

「但是……我看見了她出現的地方有黴斑。她不是幽體，她是……」

現場的另外三人沒有開口，但他們想到的是同樣的東西。

人形污穢。

魔女。

林靜靜一鼓作氣地把剩下句子傾倒出來，「最後我看見魚尾巴，然後就是社長趕來了。」

時衛接著說下去，「剛不是說我收到通知嗎？偵查小助手提示有污穢的能量波動出現，就在花曜。不過我過去那的時候，污穢的能量又消失了，似乎被誰搶先消滅一樣，接著我就聽見尖叫聲。」

「所以說……」毛茅快速地在腦中整理脈絡，「社長趕到靜靜那的時候，那隻小美人魚已經消失了嗎？」

「小美人魚？」

伊聲和時衛不約而同地看向紫髮男孩。

「對啊。」毛茅用食指抵著下巴，「有魚尾巴嘛，又像小女生，不就跟童話故事的小美人魚很像？」

「把『小』和『美』字都拿掉。」時衛否決了，「那隻魔女的代號就用『人魚』。」

「哎？為什麼？」毛茅不解地問。

「因為我高興。」時衛微微一笑，唇角彎起的角度帶著一貫的傲慢。

林靜靜和毛茅的心中同時閃過相同的念頭：是是是，你帥你有理。

「社長？」毛茅用眼神向時衛再次確認他先前的問題。

「嗯，什麼也沒看到，只看到林靜靜抱頭坐在地上。」時衛說，「坐姿挺難看的。」

林靜靜只想把臉摀起來。

毛茅很乾脆地忽略時衛的嫌棄，他繼續提問，「那有其他人趕到嗎？」

「如果你說的是園區警衛，有，但不須要擔心。」時衛似乎看穿毛茅的心思，「負責花曜的保全公司一樣是協會旗下企業。」

毛茅理解地點點頭，他扳著指頭，開始一條條地列著他目前整理出來的訊息。

一，第三位魔女出現了，代號是「人魚」。

二，推測人魚是在找什麼，才會對著林靜靜說是妳、不是妳。

三，時衛是爲了污穢前往花曜文創園區，但當他趕至的時候，污穢的能量消失，而那邊同時還有著魔女。

「四，污穢有強者爲尊的規矩……隨便怎麼說都行。」伊聲淡淡地補充，「那隻消失的污穢，很有可能是自動送給人當補品吃了吧。」

想到倏然出現在自己面前的灰髮人魚，在不久前可能還吞食了一隻污穢，林靜靜不禁打了個哆嗦。

她看過污穢，知道那是多麼可怕的存在。

而能吞噬掉污穢的魔女，究竟又有多駭人……

「啊，還有五。」毛茅張開他的手掌，五根手指立起，「人魚最初是像幽體那樣出現，她

想模仿幽體嗎？還是說這剛好也是她的某種型態？」

「我不是魔女，不知道她腦子在想什麼，如果她有腦子的話。我只知道又有麻煩的工作要做了……這邊先交給你了，時衛。」伊聲大步流星地往外走，紅色的袍角揚起俐落的弧度。

可以聽見她戳按著電話數字鍵的聲音，旋即就是一串飛快的事項交代。

「伊老師在聯絡協會。」時衛不帶笑意地彎下嘴角，「至於你們，老樣子。掛名社員別蹚渾水，實習生乖乖刷地板，有發現任何不對勁，立即通報。就這樣，解散。」

「等、等一下！請等一下！」林靜靜忙不迭舉起手，神色難掩一抹緊張，「我想再做個最後的確認，我怕我沒看仔細……你們能不能幫我看，我的影子，還在吧？脖子的地方沒有不見吧？」

林靜靜會這麼擔心是有原因的。

當初第一位人形污穢「小紅帽」出現的時候，她就曾被小紅帽當成獵物鎖定，做上記號，把她的影子割走一塊。

如今林靜靜又再次碰上人形污穢，也難怪她會如此不安。

「去站在光線亮點的地方。」時衛簡潔地吩咐，「用不著特意縮小腹，反正都是一團肉，我是不會特別去看那種傷眼的地方的。」

要不是看在那張帥得天怒人怨的俊臉的份上，林靜靜發誓，她真的會衝上去，痛毆這位三年級的學長一頓。

不知道少女的小腹是禁忌不能提的嗎！

默唸著「他帥別跟他計較」，林靜靜捏緊拳頭，全身繃得像條過直的弦線，焦慮等待著時衛的審判。

過了幾秒，華麗的嗓音開口了。

「哪也沒少，妳脖子的影子也沒被做記號。」

時衛會這麼說，是鑑於上回的魔女「長髮公主」，便是利用細到讓人難以察覺的金色髮絲，在獵物的影子上做記號。

「天啊，太好了！」林靜靜如釋重負。她大大地喘了一口氣，整個人放鬆了下來。

「靜靜，我送妳回去吧。」毛茅說。

「咦？不用啦。」林靜靜看著比自己還矮的毛茅，義正辭嚴地拒絕了，「反正很近，而且路上還有派出所呢。倒是毛茅你自己也要多注意點，男孩子也是有可能遇上變態的。」

「那他就等著被我揍得面目全非吧。」紫髮男孩用青稚可愛的笑臉，說著殺傷力十足的可怕話語。

林靜靜可不懷疑這話的真實性，她都親眼目睹過毛茅對上非人怪物時的驚人戰鬥力了。

誠摯地再向伊聲及時衛道過謝後，林靜靜最先離開保健室。

再來是時衛。

毛茅本來也要跟著走的，不過突地冒出的思緒拉住了他的腳步。

掛上電話，注意到毛茅仍逗留未走的伊聲也沒多問，只是居高臨下地睨視著人。

「伊老師，我有個問題想問妳。」毛茅恭恭敬敬地奉上賄賂品——一根棒棒糖，「假如一個人不知道自己有沒有誤帶幽體回去，要怎麼樣才能看得出來？」

伊聲剝棒棒糖包裝紙的動作頓了一下，她微抬起頭，鏡片後的眼眸利得像能割人。

「別亂撿東西，我以為關老師有好好告訴你們了。」

「沒有沒有，絕對沒有亂撿。」毛茅正氣凜然地說，他目前唯一撿回家的可就只有毛絨絨而已了，「我就只是……嗯，好奇想知道。」

「也是。凌霄的兒子，想必沒那麼蠢。」伊聲低下頭，把注意力放回她的棒棒糖上，「一，把那個人丟給協會，協會自然有辦法去判定。二，找個體質比較敏感的人，就是波長和幽體容易合上、容易看見幽體的人……蜚葉除污社新招的一年級裡就有一個。」

綁著亂糟糟馬尾的女子舔了一口棒棒糖，漫不經心地吐出答案。

毛茅吃驚地睜大眼。

從伊聲口中滑出的人名赫然就是——

海燕。

第六章

伊聲在退役前也是資深的除穢者，對於各除穢者家族有一定程度以上的了解。加上她現在又是高中社團指導老師，自然將這些家族已入學的新生代資料掌握住了七、八分。

這當中就包含了蜚葉高中一年級的海燕。

海燕在實習生中並不算突出，但她有著特別的敏感體質——也就是俗稱的容易見鬼。幽體的形成很罕見，被人看見的機率就更稀少了。通常是正值青春期的少年、少女們，因爲荷爾蒙躁動而產生與幽體相合的波長，才會容易撞見。

這裡的「容易」換算起來，實際上也就是一所學校裡，大約只會有兩、三個人可能看見這樣的機率。

像海燕這類的人，見到幽體的機率則比上述所說的再高出許多。

這種體質可能會維持一輩子，也可能青春期結束就隨之消失。

毛茅不曉得海燕會是哪一種，但對方現在才高一，這體質估計還沒消失。

這樣就好辦事了。

毛茅忍不住想要稱讚之前自己請海冬青幫忙約海燕出來的行動，這下子除了能夠向海燕詢問烏鴉學長童年的事，還能順道請對方幫忙確認學長身邊究竟有沒有幽體跟著。

而爲了能早日見到偶像的海冬青也相當有效率，很快就敲定了時間、地點。

星期六，下午兩點，秋河堂。

時間沒問題，地點當然也是沒問題。

照毛茅原先的計畫，是找林靜靜陪同他一塊前往秋河堂。一來可以請她吃飯，履行之前的約定；二來是現場還有一個女孩子，想必不會讓海燕太不自在。

只是計畫是美好的，眞正實行起來卻是碰到了困難。

林靜靜在花曜文創園區受到了那一番驚嚇後，很不幸地感冒發燒了，請假了好幾天。

毛茅只好把這位預定人員劃掉，決定去尋找其他友軍的支援。

——膚白貌美、身材好脾氣佳，三年來都高居榴華高中女神地位的木花梨。

這次的計畫很順利，面對來自可愛小學弟的請求，木花梨二話不說地答應了。

兩人直接約在秋河堂的大門前。

也不知道是什麼原因，今日秋河堂的排隊人潮比以往還要誇張。店外坐滿等待的客人，還有穿著旗袍的服務生在臨時櫃台前負責登記順序，或是高聲叫號。

橘髮少女剛抵達的時候，不禁爲著這誇張的畫面呆了呆。

旁邊也有不少人看她看得呆，大部分都是男生。

毛茅一來就注意到木花梨，橘髮少女高挑的身形和如春天明媚的容貌，都相當引人注目。

「木學姊！」毛茅揹著齒輪包包，小跑步上前，「臥槽，今天人也太多了吧……」

「對啊，感覺比以往假日的人還要多。」木花梨擔憂地蹙起眉頭，「不曉得要等多久……還是換個地方？可是今天服務生穿上旗袍都好可愛喔。」

學姊，妳後面好像跑出一個奇怪的句子……等等，旗袍？毛茅慢一拍地意識到，秋河堂女店員們的制服和之前的不太一樣。

不管是臨時櫃台的店員，或是幫忙帶位的店員，身上穿的都不是以往的制服，而是清一色換上白底藍邊的旗袍。

「啊，所以這就是人爆炸多的原因吧？」毛茅恍然大悟地說，「不過完全不用擔心的。學姊，看我的吧。」

他可是懂得事先訂位的男人呢！

於是一票還在店外苦苦等候的人們，只能羨慕又嫉妒地看著矮個子的紫髮男孩與橘髮美少女一塊進入了店內。

可很快地，他們又看到紫髮男孩跑了出來。

還沒等他們猜出對方跑出來的原因，就見到他踮起腳尖，朝某個方向揮了揮手；迎面走來的是另一名五官秀氣、氣質惹人憐愛的紫髮女孩。

這瞬間，有一部分男性同胞不禁懷疑起——現在的女生難道是喜歡個子矮的嗎？

渾然不曉得自己已成爲部分人的嫉妒對象，毛茅帶著海燕往他們的位子走去。

見到座位上已坐著一抹人影，海燕愣了愣，隨即驚訝地低呼出聲，「她是……她是木花梨學姊！」

「妳認識我？」木花梨疑惑又溫柔地笑了笑。

「學姊在我們社團也很有名的，而且我也見過妳一、兩次……」海燕微紅著臉，表情是藏不住的開心，「沒想到今天能在這裡見到學姊……啊，我都忘記自我介紹。我是海燕，小時候和白大哥是鄰居呢。」

木花梨花了好幾秒，才意會過來海燕說的「白大哥」就是白烏亞。

在來之前，毛茅已先向她大致提過這場會面的目的。對於海燕的自我介紹，木花梨也沒深入再問，只是保持一貫親和的笑意，稍稍地點點頭。

冷不防間，一隻纖細潔白的手臂從毛茅和木花梨間的空隙伸了進來，將一盤綴著大片糖漬水蜜桃的三個小蛋糕放在了毛茅面前。

「招待。」

清冽如泠泠溪流的悅耳嗓音說。

毛茅和木花梨被嚇了一跳，下意識轉過頭。映入眼中的是一抹熟悉，但沒想到會在這裡碰上的人影。

「高甜！」木花梨驚喜地笑開，「妳今天穿得好可愛喔！」

「高甜，妳怎麼也……」毛茅的問句在看清高甜身上的衣物時，頓地中斷。

黑髮少女今日竟是穿著一襲白底藍邊的旗袍，長髮綁成美麗的髮髻，露出皓白的頸子，整個人簡直如同一朵最嬌艷的出水芙蓉，讓人移不開眼。

她的容貌本就格外搶眼，此時腳下更是蹬著一雙細跟高跟鞋，把她本來就高的個子又生生拔了快十公分。

超過一百八的身高帶來的壓迫感和冷若冰霜的凜凜氣質，讓店裡的顧客只敢偷偷覷望著她的美貌，絲毫不敢生起任何搭訕之心。

畢竟，誰也不想在一位美少女面前被反襯得小鳥依人。

但毛茅關注的點是另一個，「妳身上穿的……妳在打工嗎？」

高甜穿的旗袍，與秋河堂的其他女店員一模一樣。

「秋河堂的老闆拜託我來這裡打工，一小時就送兩張他們店內吃到飽的餐券。」高甜將裝著三塊小蛋糕的盤子往內再推了推，「這是招待，一個是花梨學姊的。小豆苗矮，必須吃兩個。等我一下，我去跟老闆說要下班了，反正我賺到八張了。」

高甜有條不紊地交代著，同時簡單粗暴地破壞自己的髮型，讓漂亮的髮髻登時化爲一頭長

髮散落下來。

也不等毛茅他們給出回應，散著長髮的美麗少女便踩著俐落的步子快速離去。她就像一陣旋風，一轉眼就消失在人群之中。

「她、她是什麼意思……」海燕茫然地說。

「我猜……高甜是要跟我們一起吃吧。」毛茅愉悅地戳起小蛋糕。這種時候他就不介意自己的身高了，可以分到兩塊蛋糕呢！

毛茅說的果然沒錯。

過了一會，換下旗袍的高甜又大步流星地走了回來。她揹著包包，腳上還是那雙高跟鞋，氣勢依舊冰冷迫人。

四人桌的位子剛好再坐進一人。

高甜落坐後，也沒有問毛茅他們怎麼會和只有一面之緣的海燕來這裡。她向服務生點完菜，只簡潔地扔下一句：

「你們說你們的，我吃我的，別管我。」

接下來，高甜就真的徹底執行她說過的話，面無表情地一路吃吃吃。而她點的餐點也一道接一道地送上來，分量多得驚人，幾乎快擺滿半張桌子。

海燕目瞪口呆地看著旁邊的黑髮少女。沒想到對方那麼瘦，卻居然點了那麼多食物，那遠遠不是一個人能夠吃得完的吧？

「妳這樣點……」海燕小聲地說，「不會很浪費嗎？萬一吃不完的話……」

高甜連一絲眼神都沒分給她，全神專注在用餐上面。

毛茅和木花梨早習慣高甜的食量，對此畫面已是見怪不怪。他們向送餐的服務生道謝，各自接過大如啤酒杯的飲料。

滿足地先喝了一口自己點的黑糖珍珠鮮奶，毛茅正打算直接切入此行的目的，坐在對面的紫髮少女卻先開口了。

「那個，我剛好有事情想請大家幫個忙……」海燕拿出自己的手機往前一遞，語氣靦腆，淺綠色的眸子裡滿懷期待地凝望著同桌的三人，「多一個人就多一分力量，所以無論如何……就拜託你們了！」

海燕給毛茅他們看的，是她的個人臉書頁面。最上則的一篇貼文是尋求大家的幫助，幫忙可憐的小朋友尋找她的家人。

照片是一名紅髮碧眸的小女孩，大約七、八歲的年紀，眼睛直勾勾地直視著鏡頭，小臉上看不出明顯表情。

毛茅「咦」了一聲，覺得對照片裡的紅髮小女孩隱隱有幾分印象，好像曾在哪裡見過似的。

海燕自己先說出了答案，「她是小碧，就是那天你們在鬼屋裡見到的那個孩子。」

「啊，原來是她。」毛茅立刻就從記憶裡找出符合的身影。

那時的小碧半張臉做成血肉模糊的特效妝，也難怪毛茅只覺得有印象，但一時想不起來。

「你們可以搜我的臉書帳號，就叫海燕。」海燕殷切地指著自己臉書的名字，「然後就能看到小碧的照片，然後幫我直接分享出去就行了……記得要設定成公開，讓其他人也能看到才行。」

毛茅和木花梨看著出現在自己手機上的小女孩照片，裡頭附上的文字說明讓他們浮現一絲訝色。

「尋找家人……？」霍然出聲的人是高甜。

黑髮少女停下用餐，舉著自己的手機，白瓷般的臉孔上讀不出情緒起伏，那一雙黑得像漩渦能將人吸入的眼睛盯住了海燕。

海燕強忍往後退縮的衝動，鼓起勇氣地迎視回去。

「幹嘛不報警？」高甜冷冷地說。

「不是，妳誤會了……高甜，妳要先看清楚照片下的文字。」海燕馬上忘記剛才的畏怕，她好聲好氣地說，「妳不看的話，怎麼會知道發生什麼事？不能這樣啊，很多人都是不看清楚

就下定論的。」

高甜沒有回話，來到嘴邊的刻薄字句被她重新吞了回去，只是那森冷的眼神終究沒藏起真正的心情。

「海燕，我也覺得報警會是一個方法。」木花梨柔和的聲音立刻緩和了氣氛，「我剛看完了……這個小女生，是想找她的妹妹，對嗎？」

「學姊，妳一定不知道網路的力量有多大，很多時候會比警察的效率還好啊，所以我們才想自己來。」海燕嘆了一口氣，眉頭糾緊，決定還是自己詳細說明整件事情，免得遭到不必要的曲解或誤會。

「小碧是住在我家附近的孩子，她是被領養的，本來還有一個雙胞胎妹妹，但妹妹比她更早就被人領養走了。她想要再見到自己的妹妹，卻又不知道該怎麼辦……她真的好可憐，所以我希望能讓她們早日姊妹團聚……」

海燕說著說著，情不自禁地紅了眼眶。察覺到自己的失態，她連忙窘困地抬手抹了下眼角。

「所以，拜託你們了，小碧好可憐的。」平復一下心緒，海燕合起雙掌，祈求地看著毛茅和木花梨，「一起來幫幫小碧吧。」

「她可以跟她父母說。」高甜的嗓音毫無波瀾，「或是妳怎麼知道她不是在說謊？」

「當然是她怕會被罵啊，而且小碧才幾歲，她怎麼可能騙人？」海燕瞪大了眼睛，像不能理解高甜的冷酷，「那麼小的孩子，誰捨得她受到一點傷害？我才想到把照片放在臉書，請大家轉發的辦法。」

「但是海燕……」木花梨的話剛出口就被打斷。

「尤其是學姊和高甜，妳們認識的人肯定更多，能發揮的力量一定比我更大。對了，高甜妳家是很有勢力和人脈的大家族吧？妳家在除穢者家族之中很有名的，大家都聽過。」

紫髮少女越說越興奮，雙頰染上激動的紅暈，眼神亮晶晶的，無比期盼地望著高甜。

「妳可以利用家裡的力量，幫忙一起找啊！」

高甜「啪」地放下筷子，森寒的黑眼珠裡像凝聚著冰風暴。

海燕被看得心裡發毛，可旋即挺起胸膛，覺得自己像名鬥士，要爲了自身堅持的理念努力戰鬥。

高甜一字一字、如同吐出冰屑地說，「我不要。」

「妳怎麼這樣……」海燕倒吸一口氣，不敢置信地嚷，眼眶迅速又紅了一圈，「妳一點同情心都沒有嗎？幫助有困難的人不是理所當然的事嗎？這對妳來說明明就是小事，妳爲什麼要那麼冷漠？」

眼尖地瞥視到高甜放在桌面的手指顫了顫，毛茅不假思索地伸手按上對方的手背。

驟然傳遞過來的溫度讓高甜轉移了注意力，她轉頭對上一雙充滿關切的金澄眼眸，心裡竄生出來的冰冷怒氣在這瞬間消散得一乾二淨。

毛茅很快又將手收了回去，碰觸時間短得不會令人感到不自在。

忍住想抓回那隻手的突來衝動，高甜板著臉說，「我只是想繼續吃飯。」沒有閒餘工夫跟那個蠢女生計較。

——在毛茅伸手過來之後，她的確是這麼想了。

「我是想請高甜妳幫我吃掉這個餅乾。」毛茅若無其事地露出可愛的笑臉，將隨飲料附贈的甜餅推過去，「它的肉桂味對我來說太重了。」

高甜高傲地點點頭，表示自己徵收了。

一場可能會出現的紛爭，就這麼悄無聲息地弭平。

木花梨暗中鬆口氣。

海燕一臉茫然，像是不知道到底發生什麼事了，怎麼討論內容突然轉彎？

趁著海燕還沒回過神之際，毛茅果斷地把這次會面的重點攤開來，不讓對方再有掌控節奏的機會。

「海燕，妳小時候就和烏鴉學長認識了對吧？」

「咦？啊……對，我們以前是鄰居。」

「太好了，那妳對小時候的學長一定很了解了。」

「也還、還可以……我們是國小時認識的，但小二後我們家就搬走了。」

紫髮男孩的金色大眼睛像有種魔力，讓海燕在不知不覺中被牽著走，也忘了再提起剛剛的話題。

對話進行得很順利，從這一番聊天中，毛茅獲得了不少有關白烏亞童年時候的事。

小小的烏鴉學長很認眞，不太愛說話。

喜歡貓咪。

可以安靜地坐在位子上一整天。

總之，非常地乖。

而且——沒有被動物討厭。

除魔社的三人轉瞬間交換了一記眼神，確定白烏亞身上的異常現象是後來才出現的。

有某個他們還不知道的原因，造成了這一切。

「對了，妳知道學長頭受傷的事情嗎？」驀地想起白烏亞額上留下的淡疤，毛茅問道。

「頭受傷……」海燕一怔，她皺著眉，像在試圖回想，可最後只能迷茫地搖搖頭，「我沒印象……這應該是我搬家後才發生的事了。」

「我想再問妳一件事。」毛茅雙手交疊，態度拿捏在適當的親近，又不會太過熱切，「伊

老師說妳是敏感體質，容易看見幽體的那種，對嗎？」

焦點猝不及防地轉到自己身上，讓海燕先是愣了愣，接著不自覺地點了點頭。

「嗯，我比較容易看到鬼……幽體……」海燕細聲細氣地說，神情害羞又帶點自豪，對此沒有多加隱瞞，「所以我常會幫朋友看，讓他們安心一點，也可以讓他們明白眞正的鬼，和電影裡的鬼是完全不同的，不須抱持著過度的害怕。」

「那麼……」毛茅的指尖輕點著桌面，金眸認眞地凝望海燕，「妳知道如何辨認幽體是剛好經過某個人附近，或是幽體本來就是跟著某個人的嗎？唔，妳懂我的意思嗎？」

「我懂，只是這個……就得看到那個人才好判斷。」海燕努力地說明，「那是一種感覺，我沒辦法說得很清楚，像毛茅你們這樣看不見的人也很難去理解……不過只要讓我去看的話，總之就是、就是……」

像是不知該如何組織句子，最末海燕喪氣地垮下肩頭，嘟囔了一句對不起。

「噢，沒關係的。」毛茅笑了笑，沒再繼續詢問下去。

從海燕說起的過去中，已經可以確切地判斷出來，幼年的白烏亞同樣沒有會讓靠近之人發生意外的體質。

雖然事情不算有新的進展，但能夠知道白烏亞小時候的形象，對毛茅來說也算是一種額外的收穫。

至於白烏亞有沒有被幽體纏身……他可以和白烏亞商量過後，再找海燕確認。

反倒是海燕似乎還想再談論其他和幽體有關的事，但放在桌上的手機突然傳出響動。

海燕只好先向眾人投以歉意的眼神，她拿起手機，發現打電話過來的是她的同班同學。

海燕按下接通，沒想到連珠炮的抱怨登即從手機裡湧了出來。

「海燕妳人在哪？我怎麼沒看見妳？說好的三點見呢？妳該不會還沒出門吧？」

海燕彷彿被對方的質問敲懵了，握著手機愣了好半晌。

沒聽到回應的女聲馬上不滿地拉高音量，就連毛茅他們都聽得到。

「說好的幫我看房子呢？」

最末幾字刹那間敲醒了海燕，她摀著嘴，瞪大眼睛，一張秀氣的臉蛋上寫滿著驚慌失措。

要命！她忘記自己三點和同學有約！

□

海燕是匆匆離開秋河堂的。

倘若不是那通電話，她眞的沒想起來自己另外和人約好了。

從秋河堂趕到約定地點又花了十幾分鐘的時間，等到海燕氣喘吁吁地跑到作爲集合處的便利商店前，一名穿著吊帶褲、留著齊劉海短髮的少女正雙手抱胸，一臉不悅地站在那，腳邊還堆著一大一小兩個塑膠袋。

「妳也太慢了！」一見到海燕，薛螢沉下臉，惱火地說，「都遲到快二十分鐘了！」

「不、不好意思……對不起啊，小螢。」海燕白著一張臉，上氣不接下氣地道著歉。她搭著薛螢的肩膀，纖細的身子似乎搖搖欲墜，站不太穩。

這狼狽又可憐兮兮的模樣，讓薛螢的脾氣很快又消了下去。

「算了，也才二十分鐘嘛……」薛螢咕噥地說，忍不住關心起海燕的情況，「妳還好嗎？我去買瓶水給妳喝吧？妳也跑太急了，也不看自己弱不禁風的……」

「因爲、因爲……」海燕抬起頭，有絲委屈地說，「我怕小螢妳等太久嘛……」

「好啦，又不是故意怪妳遲到的，反正我也趁這時間補了點日常用品。」薛螢一口氣提起兩個看得出來沉沉的袋子，「往這走。」

「妳有買東西喔？早知道我就找毛茅一起過來了……男生力氣大，可以幫忙提的。」海燕跟著薛螢邁出步伐。

「毛茅？誰？」

「打工時認識的人，是榴華一年級的，剛剛就是在跟他吃飯，才不小心沒注意到時間。」

「喔喔，約會喔？帥不帥啊？」

「才不是約會啦，而且他長得太顯小了，妳會以爲他是國中生呢。」

「那眞無聊……」薛螢撇了撇嘴，帶著海燕往她住的租屋處前進，「然後呢？」

「也沒什麼然後呀。」海燕細聲地說，雙手無意識地絞在一起，「不過倒是看到了榴華很有名的木花梨學姊跟高甜……原來她就是那位傳說中的大小姐。」

高甜這名字，不管是在蜚葉的一般學生中或是除穢者家族中，都相當有名。前者是因爲她的完美，包括容貌、成績，以及家世；後者更多是在於她對上污穢的強大戰鬥力。

海燕對高甜這個名字時有耳聞，但在鬼屋初見對方時，並不知道她就是高甜。直到方才在秋河堂，才終於知悉她的身分。

「妳看到她了？眞的像傳聞中說的那麼猛嗎？」薛螢眼睛一亮，八卦地追問道。

「她的確長得很漂亮……」就算以女生的角度來看，海燕都無法否認這個事實。高甜的美麗既強勢又凜冽，還有種難以言喻的壓迫感，第一眼看到會不由得屏住呼吸，「可是……」

「可是什麼？話不要說一半！」薛螢心急地催促，她對那位大小姐也是好奇得要命。雖說還未見過面，可傳聞已經聽得相當多了。

例如，她從國中就是一位文武兼備的超級美少女。

例如，他們除污社的前副社長就曾猛烈追求她，可惜未果，前副社後來也因病休學了。

想到那名自己入社後只來得及見過一次面的蘇枋學長，薛螢頓時滿滿惋惜。對方長得帥又溫柔體貼，眞想不通那位大小姐幹嘛要拒絕？她的眼光到底是多高啊？要是換成自己……

薛螢臉一紅，連忙把妄想拍掉，她再度催著海燕，「所以是怎樣？」

「高甜在我們去的秋河堂打工，她明明看到了我們這桌有三個人，卻只招待另外兩個人蛋糕……」海燕沮喪地低著頭，「我的存在感那麼低嗎？」

「不低不低，海燕小美人長得那麼漂亮。後來呢？她就再去忙打工了嗎？」

「後來她就很隨便地說不打工了，要過來跟我們一起坐……我跟妳說喔！」海燕忽地抬起頭，本來細細的聲音高昂了幾分，「她點了超多東西，是超多喔！不是一個人吃得完的那種，大概要三個我才能吃完吧！」

「哈哈，不會太誇張吧？」薛螢被逗笑，有些不相信。

「才沒有騙妳。」海燕強調地說著，「就是那麼多，她哪可能吃得完？感覺好浪費呀，還不如把那些錢省下來，多幫助其他人……」

「是是是，知道我們海燕最喜歡幫助人了。」薛螢打趣地說道，帶著她拐進了一間店面旁邊特地隔出來的樓梯通道。

「我只是……只是覺得幫助有困難的人是理所當然的事嘛。」海燕被誇得不好意思地摸摸鼻尖，眼神也飄了一下，「就是盡量在我能做到的範圍內……啊！」

「又怎麼了？想上廁所的話，要等走到三樓我房間才行。」

「不是啦，我是突然想到，小螢妳有幫我分享臉書了嗎？」

「喔，妳是說那個紅頭髮小女生的照片嗎？有啦有啦，妳跟我說的時候，我就立刻幫妳分享了。」

「太好了……」海燕安心地拍拍胸口，「越多人幫忙轉，就越能早日找到小碧的妹妹。我的力量有限，能做的只有這些了，希望一切順利哪。」

「會的會的。」薛螢隨口敷衍。老實說她也沒看附圖文字是寫了什麼，只記得照片長什麼樣。反正對她而言，只是動動手指，按下一個分享的小動作，「話說回來，爲什麼我們蜚葉不像榴華一樣，改成帥氣的除魔社？除污社聽起來眞的很像清潔打掃的社團。」

「我們的確在清潔地板沒錯嘛，況且打污穢是能力高的人負責的，讓我們這種剛進社團的實習生上場，根本就是讓我們送死。做人要一步步來，或者，小螢妳可以找社長私下帶妳特訓啊。」

「什麼？不、不！」薛螢像聽到什麼恐怖故事，慌忙地搖著頭，「我才不敢！在找社長說話之前，我就先嚇死了好嗎！妳出這什麼餿主意！」

海燕吐吐舌頭，也知道自己出的意見不靠譜。

蜚葉除污社的社長海冬青確實是長相俊美，可是在注意到他有一副好相貌之前，就會先被他過於凌厲迫人的威勢震懾住，進而不敢貿然上前。

更遑論海燕和薛螢都是剛入社的一年級，「社長」兩個字在她們心中更相近於大魔王。

「幸好社長不常出現在社辦，不然我也要得了去社團恐懼症了……」薛螢嘀嘀咕咕地說，同時奮力一腳踏上了三樓的地板，再把另一隻腳也從最後一層階梯上拔起。

跟在後面的海燕用力點點頭，也慶幸著還好平常的校外實習，都是由更溫柔體貼的其他學長姊負責帶領他們。

「到了，就是這裡。」薛螢在一扇門前停下，她喘著氣，將兩袋東西往地上一放，從口袋摸出鑰匙。

她住的是小套房，坪數不大，但設備齊全，最重要的是不用跟其他人搶廁所浴室。要說唯一的缺點，就是沒有對外窗，容易失去時間感。

而且，也因爲如此，房裡不開大燈就顯得陰暗。

住了一陣子之後，薛螢也不知道是自己的心理作用，還是……總之她就是越住越不對勁，甚至還作起了好幾天的惡夢。

這也就是她今天要拉海燕過來這裡的原因。

海燕體質敏感，比他人容易看見幽體的事，在他們除污社不是什麼祕密。海燕向來也很樂意爲社團的大家確認，看看是不是有人誤把幽體帶回家。

畢竟幽體的憑依物各式各樣，再怎麼不顯眼的東西都有可能。

這時候就能找海燕幫忙，不過到目前爲止，那些尋求幫助的人都被證實了只是心理因素作祟而已。

薛螢也希望自己就跟其他人一樣，她一點也不想要和幽體同居的。

那是幽體，那是鬼！

薛螢把所有燈光都打開，就連廁所門也拉開，確保海燕不會疏漏任何地方。

「海燕，妳快幫我看看吧！」薛螢的喉頭滾動一下，手掌在褲縫邊搓了搓，「我這裡應該沒有……」

「嗯……」海燕沒馬上回答。她在不大的房間裡繞走一圈，連廁所浴室都進去了，等她走出來，她舉起食指，在薛螢緊張的目光中說，「嗯……」

那個單音節拉得老長，讓薛螢的一顆心跟著七上八下。

最後，紫髮少女露出個俏皮的笑臉，「沒有喔！」

「咦？」薛螢一時沒反應過來。

「小螢，這裡沒有幽體呢。」海燕說，「我什麼也沒看到，所以大可以放心啦。」

「啊啊啊，太好了！」薛螢摀著胸口，一屁股跌坐在床緣邊，「太感謝妳了，海燕……這下我眞的可以放心好好睡一覺了！」

「妳太誇張了啦，我只是做我能做到的事而已……」海燕被說得害羞起來，淺淺的緋紅飄

上臉頰。

既然解決了自己心頭懸掛的大事，薛螢又有八卦的欲望了。她一把拉過海燕，笑得賊兮兮的。

「還不再來交代，妳說的那個誰……毛茅，到底約妳幹嘛？」

「眞不是什麼大事啦，就他想知道白大哥小時候的事。」

「白大哥？誰？」又跑出一個陌生的稱呼，讓薛螢一頭霧水。

「以前的青梅竹馬，住在我隔壁的鄰居。」海燕解釋著，「我也不曉得他問這個想做什麼，大概是想多了解自己的直屬……啊，他們都是榴華除魔社的。尤其是白大哥，他在我們社團也挺有名的呢。」

「咦？欸？有這回事喔？我怎麼都不曉得？」

「因爲小螢妳比我還晚入社嘛，只是剛好沒碰到學長姊他們在說白大哥的事……嘿嘿，其實我一開始也沒意識到他們指的就是白大哥，想說還眞巧，有人也叫白烏亞呢。」

「慢著。」薛螢錯愕地看著海燕，「妳剛說……妳的白大哥全名叫什麼？」

「白烏亞……」海燕困惑地回視，「怎麼了嗎？有什麼不對嗎？」

「我的天……眞的還假的啊！」薛螢誇張地大叫一聲，「我們兩個認識的白烏亞，不會是同一個人吧？」

海燕只能一頭霧水地繼續看著朋友。

「灰頭髮、藍眼睛，很安靜、不太跟人說話。」薛螢一口氣報出了好幾個海燕熟悉的特徵，「妳知道的白烏亞也是這樣嗎？」

「對……」海燕停下的思路終於順利轉動，「該不會，小螢妳以前是唸楓葉國小的？」

「欸？不是耶，不過我是唸楓紅國中的。」薛螢說，「我和白烏亞同一所國中，所以海燕妳和他是同所小學的？」

「我小二就搬家了。」海燕老實回答，「現在才又跟白大哥再次遇見。」

「原來如此，這樣怪不得妳不知道……」

雖說是在自己的房間裡，薛螢還是湊近海燕耳邊，像吐露悄悄話般對她說：

「靠白烏亞太近的話，會倒楣喔。」

海燕睜圓了眼，愕然地看著一臉信誓旦旦的同學。

「沒騙妳，聽說就是從小學二、三年級開始的。只要靠他近一點、待在他身邊久一點，就容易發生莫名其妙的倒楣事。這件事幾乎全國中都知道，所以就算他長得好看，也沒人敢靠他太近。」

「不是有人說烏鴉是不吉利的嗎？那時候大家都在講，就算是白色的烏鴉，結果還是不吉利的嘛……哈哈，這個說法真的很好笑。」

薛螢自說自話地被逗樂，忍不住一個人笑個不停。

海燕搗著嘴，像被這傳聞驚住了，好一會過後才充滿憐憫地喃喃吐出一句話。

「白大哥，好可憐喔……」

「好好，我知道了，欠妳的兩次秋河堂沒忘記。」

聽著耳機裡傳來的叨唸，紫髮男孩嘴上回應著，一雙眼睛正專注地觀看手機上的訊息。

洋芋片的新情報。

中午時間，榴華高中裡被一片鬧哄哄的人聲包圍，似乎學校各個角落都能看見學生青春洋溢的身影。他們聚在一起吃飯聊天，或是結伴前往福利社，或乾脆選擇出校外用餐。

毛茅也是這些身影的其中之一。他戴著耳機，與請病假的林靜靜聊著天，一邊低頭刷著手機上的消息，還不忘分神留意前方路況，免得一不小心撞到其他人。

自從那一夜在花曜文創園區受到魔女「人魚」的驚嚇後，一年五班的副班長就像被開啓了病毒的開關，很不幸地感冒了。

還是流行性的那種，導致她只能苦哈哈地留在家裡。

這對素來喜愛八卦和與別人交際的林靜靜來說，簡直痛苦得要命。她覺得自己待在家裡都要發霉了，偏偏感冒就是不肯退，她也不能眞的跑來學校散播病毒、散播愛。

於是只好打手機騷擾人，前幾天的受害者就是凌淨，今天終於輪到毛茅了。

不過林靜靜也知道什麼是適合騷擾的時間，才會挑中午打電話過來。

由於手機另一端時不時會傳來回應，完全讓人不覺得自己在唱獨角戲，因此林靜靜壓根就不會知道，毛茅此刻正在一心三用中。

講電話、刷手機，還有走路到除魔社的社辦去。

白烏亞在昨天就發了訊息，要他今天到社辦一趟，有事情要討論。

毛茅猜想，這事情應該就是跟如何當上一個人生贏家有關。同時他也想跟白烏亞提起幽體纏身的這個可能性，問對方願不願意找海燕幫忙做確認。

而在這之前，他依舊很有耐心地聽著林靜靜抱怨。

林靜靜已經從手遊抽不到想要男人的卡，講到她母親嘗試做了一道名爲「仰望星空」的黑暗料理，然後開始說起這幾天都在作怪夢。

「怪夢？」毛茅被挑起了好奇心。

「嗯啊，我夢到一片大海。」

「洋芋片之海嗎？」

「雖然那對我來說也很怪，但是不是。」林靜靜哭笑不得地嚷，她可是聽出毛茅語氣裡濃濃的亢奮之情，「是眞的海，有很多水的海洋，懂嗎？」

「妳這樣弄得我好像三歲啊，靜靜。」

「三歲的毛茅小朋友，讓我說完話好嗎？看在可憐病人眞的沒事幹、只能找你閒扯淡的份上。」

毛茅明智地不揭穿凌淨被她騷擾到煩了，決定封鎖她三天的眞相。

「那麼靜靜大人，請您繼續說。」毛茅拐了一個彎，走向矗立在不遠處的社團大樓。

「我覺得是被那天的事影響到了，才會讓我連幾天都作同樣的夢。」林靜靜在手機裡嘆氣，「我夢到夜裡的大海，有月光把海面照得閃閃發亮，然後有人在海裡游泳。」

毛茅等著後續，但等了一會都沒聽見。

「唔，然後呢？」

「就這樣啊，沒然後了。」

「沒看見妳夢裡的人是長什麼樣子嗎？」

「那麼遠的距離耶，只看到一坨黑漆漆的影子。不過感覺就是向我這方向游過來，說不定哪一天就眞的游到我面前了。」林靜靜自己說完便笑了，「那可就成恐怖故事啦……我去煮粥了，嗯，大概後天就能見了。」

「好喔，後天見。」笑咪咪地和林靜靜道別，毛茅摘下耳機，把刷到的新情報謹記心裡，決定放學後就去網路上說的限定商店看看。

他踩著階梯，一路來到五樓大門前，感應卡一刷，那扇不應該出現在一般社團大樓的高級自動門隨即開啓。

屬於除魔社的地盤就在大門之後。

才剛走近社辦門口，毛茅就聽見木花梨掩不住興奮的嗓音自門後飄了出來。

「哇啊！好可愛！眞的超可愛！」

「我可以拍一張作紀念嗎？」

「原來烏鴉你小時候是這樣子的！」

毛茅立刻捕捉到關鍵字，他眼中一閃亮光，三步併作兩步地推門踏入社辦內。

寬敞的空間裡待著三個人，正是木花梨、白烏亞，以及簡直像把社辦當作自己家、似乎無時無刻都窩在這的時衛。

噢，他現在確實是窩在這，窩在沙發上睡覺。

那張有如上天傾出全力打造的臉龐，因閉著眼的關係，在這時候才顯露出一分符合這年紀的稚氣。

一瞧見毛茅，木花梨笑靨如花地朝他打招呼，「毛茅，快過來看烏鴉的照片！」

習慣性坐在邊角位置的白烏亞朝毛茅看過來，用輕微的點頭表示儘管看沒關係。不過他染紅的耳尖洩露出他對於讓人看到年幼時期的自己，多少是感到有些不好意思的。

對於迷你版的直屬，毛茅自然是興趣滿滿。他迅速湊到擺著多張照片的長桌前，然後發出由衷的感歎。

「眞的很可愛啊，烏鴉學長。」

照片裡的小男孩眉目精緻，灰髮藍眼，安靜又乖巧地看著鏡頭，一看就是個縮小版本的白烏亞。

「而且學長你還是始終如一。」毛茅拿起照片，看看照片裡的小烏鴉，再看看眼前的大烏鴉，絕對不會有人懷疑這兩者間的關聯性，「不像小青。」

木花梨花了好幾秒的時間，才反應過來毛茅口中的「小青」，指的就是蜚葉除污社的社長海冬青。

憶起當初看到的那張照片，木花梨不由得心有戚戚焉。

倘若不是毛茅曬出了海冬青的青稚少年照，誰能想像得到如今一身迫人氣勢甚至蓋過俊美五官的海冬青，早幾年前的模樣竟然宛如一名弱不禁風的病氣美少女。

「不過我還是很羨慕小青的身高，眞想知道這期間他到底嗑了什麼啊。」毛茅語帶艷羨地說，「一六〇拔高到一九〇，這可眞不是蓋的。」

「別胡思亂想，毛茅現在就很好了，完全不須要改變的。」木花梨諄諄告誡著小學弟。

白烏亞贊同地點點頭。

「這意思就是……你還是繼續當株小豆苗就好了。」

慵懶的男性嗓音冷不防地冒出，引得三人同時轉過頭，朝聲音來源處看去。

以爲在睡午覺的金髮青年睜開一隻眼，對上三人的視線後又閉上。

「社長，你沒睡？」毛茅拉了張椅子坐下，興致盎然地研究著時衛那張俊美得過分的臉龐。

「不然你以爲剛說話和張開眼睛的是誰？」時衛隨意地哼了聲，「你別想了，小不點，你沒機會在我臉上畫圖的。」

被揭穿心思的毛茅惋惜地嘆了一聲，把灼熱的目光收回去。

哎，沒辦法在上面畫貓鬍子了。

把椅子滑回桌前，毛茅重新端詳起白烏亞年幼時的一張張照片，他注意到照片背面有寫上數字。

「數字是我當時的年紀。」白烏亞說，「我回家拿了幾張五歲到八歲間的照片過來，也問了家人一些以前的事。」

毛茅看著白烏亞五歲的照片，裡頭的小男孩抱著貓咪，正經八百板著尙有嬰兒肥的小臉蛋，彷彿眼下正在進行什麼嚴肅的大事，可冰藍色的眸子裡卻掩藏不了晶亮的光芒。

任誰輕易都能看得出來，小男孩有多喜歡貓咪。

「這貓感覺只有大毛的三分之一啊。」毛茅感歎的同時，沒忘記指出重點，「這個時候的學長還是很有動物緣的。」

白烏亞也來到桌前，不忘和毛茅及木花梨保持著適當的距離，他將其中一張照片推向前，「八歲的時候就開始被討厭了。」

八歲的白烏亞還是缺乏表情，五官稍微長開了一點，但纏在額頭的白繃帶看來格外顯眼，也讓他的精緻中多了一抹脆弱，像是須要呵護的瓷器。

「這個……」毛茅的指尖落到了繃帶的位置上，「學長額頭上的疤就是這麼來的嗎？」

「嗯。」白烏亞平靜地說，「問過家人了，但他們也不曉得詳細情形。他們說當時是我自己流著血走回家，後來就暈倒了，醒來後也不記得是如何受傷的。醫生說，可能是跟那一陣子情緒強烈起伏有關。」

「強烈起伏……」毛茅咀嚼著這幾個字，詢問的眼神遞向白烏亞，「那個時候……」

白烏亞沉默片刻，「……那時候，母親剛過世不久。」

「噢……」毛茅的眼裡染上了歉意，他沒有接著白烏亞的回答再問下去，而是隨著眼角餘光瞄見一抹紫色，順勢轉換了話題，「學長，這是……」

被毛茅拿起的，是一張像在公園裡拍攝的照片。有好幾個小孩出現在照片上，其中自然有著白烏亞的身影。

但讓毛茅特別關注的，不是小時候的白烏亞，而是照片中的另一名小女孩。

紫色的半長髮，稚嫩的五官輪廓有一絲似曾相識。

「海燕。」白烏亞說出了毛茅心中猜想的答案，「我也問過家人了，確實是以前的鄰居，但搬來的時間不長，半年後又因爲工作關係搬走了。」

「是還挺短的，那麼他們是什麼時候搬走的？」毛茅只是隨口一問，卻沒想到會聽見一個意料外的時間點。

「在我頭受傷不久後。」白烏亞說。

毛茅準備放下照片的手一頓，眼裡躍出一抹驚訝。他和木花梨對上視線，他們倆都還記得在秋河堂的那一次會面。

海燕是說，她不知道白烏亞頭受傷的事，那應該是在她搬走後發生的。

僅僅是認識半年，就將白烏亞牢記至今的紫髮少女，爲什麼偏偏剛好忘了這一場在小孩眼中應該是很嚴重的意外？

就算海燕像白烏亞的家人一樣，不知道對方是如何受傷的，可應當會對「白烏亞受傷了」這事本身多少留有印象。

「怎麼了？」突來的靜默讓白烏亞不解地問。

「沒事。」毛茅神色自若地笑了笑，將這份疑惑先壓到心裡。

木花梨見狀，亦是沒特意提起。

反倒是佔據整張沙發的時衛驀地出聲了，「前面那個最矮的小不點。」

毛茅用力地嘆了一口氣，他很不想回頭，然而鐵錚錚的事實就擺在眾人眼前。

現場，就是他最矮沒錯。

「我會長得跟大樹一樣高的，社長。」毛茅覺得自己必須義正詞嚴地糾正時衛。

「放心，我向來不阻止人作夢。」時衛懶洋洋地拖長著聲音，「不過在作夢前，先聽完我要講的話，今天沒有社團實習。」

「我覺得這後面估計有個『但是』。」毛茅的眉毛一挑。

「但是有兩校聯合實習。」時衛像沒骨頭似地靠著沙發，嘴角扯開弧度，不知爲何，他似乎心情很愉快，「蜚葉和榴華，關老師負責帶隊。」

很快毛茅就知道了。

因爲這場實習——是一年級生限定。

換句話說，三年級的時衛可以大大方方地偷懶，不須出面。

□

毛茅是個很有行動力的人，同時也是個一旦下了決心，就不會輕易動搖的人。

當他認眞地說不，那就是眞的不。

不管黑琅撒潑打滾，從喵喵叫到發出接近咆哮的吼叫聲，或是毛絨絨賣萌甚至賣慘，紫髮男孩依舊是鐵石心腸，絲毫不爲所動。

作爲沒有轉圜餘地的具體表現——

那張嫩得像能掐出水的臉蛋上先是露出了一抹爽朗的笑容，趁著黑琅被迷得七葷八素的一瞬間，毛茅迅速出手了。

等到黑琅反應過來，一切都已經塵埃落定。

雪球鳥形態的毛絨絨瞠目結舌地看著被綁得像條金華火腿的胖黑貓，隨後再震驚地發現到，就連自己也在不知不覺間被捆得連兩隻小翅膀都撲騰不起來。

毛茅將一貓一鳥都俐落綁成球，神清氣爽地拍了拍手，拎起包包，接著一點也不感覺愧疚地走出家裡大門，將撕心裂肺的咆哮和嚶嚶嚶的哭泣拋在了後頭。

按著手機地圖的帶領，毛茅抵達的目的地是一個叫作「碧野」的地方。

乍聽下會令人聯想到草原或田野之類的地名，其實是一片私人土地。

假如不是今晚的校外實習，搬來榴岩市沒多久的毛茅還眞不曉得這座大城市原來還有這麼一處……

嗯，活像是恐怖電影導演超愛用來當拍攝地點的陰森森樹林。

樹林鄰近著一條馬路，那裡的路燈提供了些許光源，讓人得以看清這座林子的外觀。然而在燈光的照射下，黑壓壓的樹影顯得越發深沉，像是要嚴密地阻擋光線的進入。

樹林外只立著一塊木板，簡單地寫著「私人土地，請勿進入」，並沒有特意在外圈架起圍籬，或是拉起明顯的繩線防止他人私闖。

而認爲這座森林活像是恐怖片場景的，顯然也不只毛茅一個人。這點，從聚集在此地的人大多都站得離森林遠遠的就能看得出來。

毛茅一眼就找到了高甜的身影。

一百七十七公分的身高讓黑長髮少女在同輩女孩中顯得鶴立雞群，更別說她出眾的容貌與氣質，就像經過琢磨的寶石般閃閃發亮，再簡單隨意的衣著打扮，都無法掩蓋她自身的光采。

一旁和高甜隔了一段距離的幾個人，就控制不住自己的雙眼，目光時不時地會飄向她。

「高甜！」毛茅揹著齒輪包包，悠閒地朝榴華唯一的另一名一年級社員走去，那綹小鬈毛隨著他的走動，精神奕奕地擺晃著。

「小豆苗。」高甜用這三個字作爲她的招呼語。

毛茅的出現讓蜚蓂除污社的人反射性朝他看去，還能見到有人納悶地問怎麼會有國中生跑到這裡。

因一張娃娃臉和矮個子，總被人認小的毛茅咧咧嘴，氣定神閒地迎望回去。

「毛茅。」海燕舉起手，笑顏靦腆地和他打了招呼。

與海燕站得極近的短髮少女立即拉著她竊竊私語。

毛茅能聽見「誰？」、「真的是高中生？」等句子隱約飄了過來，他沒仔細留意，反正老被誤會成國中生也不是一天兩天的事了，他從容不迫地望回去。

之前也不是沒和蜚葉的學生一同參加實習課，不過這大概是第一次開場前有足夠的時間，能夠好好端詳對方的人員組成。

蜚葉除污社來的有六人。

四名女孩子、兩名男孩子，其中一個戴白色鏡框的還衝毛茅熱情地揮了下手，說自己還記得毛茅在青蘿公園展現過的英姿。

毛茅決定用「白眼鏡」來稱呼這個疑似自己迷弟的人。

至於他們榴華除魔社這邊，只有兩個人。

六對二，乍看下差距似乎不會太大。

但毛茅霍然想起在第一次實習的青蘿公園裡，那時候蜚葉除污社派來的有三名一年級生，不過現在只有一個白眼鏡出現在這裡。

毛茅覺得有兩個可能。

一，之前的那兩位退出社團了。

二，他們沒來。

「我有一個疑問放在心裡滿久了。」毛茅說，「蜚葉除污社究竟是有多少人？怎麼我覺得每一次看到的人都不一樣？」

高甜不是個喜歡替他人解惑的人。

要是有人扔出問題給她，她只會直截了當地用冷冰冰的視線看過去，看得問的人心裡發涼，產生退縮之意。

不過如果對象換成了毛茅，「耐心」這個字詞就會短暫地出現在高甜的字典裡面。

「詳細數字不清楚，要問花梨學姊，但是我們的好幾倍。」高甜淡然地回答，「以前除魔社的人也不少，後來社長當上社長，入社門檻拉高，就比不上從前。」

「社長是拉高了什麼門檻？」

「臉。」

「……咦？」

「他看臉。」

毛茅決定晚一點要告訴林靜靜，原來除魔社看臉挑社員的傳聞不是傳聞，而是事實。

此時，突然變大的晚風吹來，吹得人忍不住一縮脖子。與此同時，林間的枝葉也被吹得響動，尖細的聲音聽起來就像是有人扯著嗓子哭號。

這詭異的氣氛讓一部分女孩子面露不安，不禁離樹林又更遠了一些。

「也不知道這裡的樹是怎麼長的……」毛茅壓低音量，對高甜發表自己的看法，「簡直像個個恨不得標榜自己的強烈個人……不，個樹風格。」

毛茅會這麼說，是有理有據的。

放眼望去，視線所及的樹木都長得特別黑，不單是樹皮的顏色，就連葉子也是暗綠色。在夜色的籠罩下，更暗得像一團漆黑影子，丁點都感受不出樹木本應帶給人的蓬勃生機。

除此之外，樹枝分岔得相當誇張。那些黝黑的枝幹宛如一隻隻枯槁的手臂在拚命向上抓刨著什麼。加上林中異常沉寂，像是連蟲鳴鳥啼都被凍結了，更是令人本能感到毛骨悚然。

「嗯……」毛茅仰著頭，金亮的眼底沒有畏怕，只有一片興致盎然，「按照鬼片的套路，這種陰森森的地方通常以前都是墳場啊、刑場啊，或是曾經發生過什麼命案。」

蜚葉的學生們被毛茅說得不由自主地帶入想像，膽子小的幾個更是嚇得臉色發白。

海燕的眉毛馬上就擰起來，她咬咬嘴唇，覺得毛茅是故意嚇人。正想要上前制止對方，另一道聲音突如其來地從旁發出。

「你說對了。」

所有人立即轉過頭去，從另一端走來的三道人影讓他們瞬間愕然地瞪大眼。

走在最前頭的，是盤著簡單髮髻的淺髮女子，正是今晚負責帶隊的關依月。然而跟在她後面的，是他們全然不曾預料到的兩個人。

兩人的身形是不相上下的高大，還未走近就先帶來一股壓迫感。只不過相較於左邊灰髮青年的冷漠精緻，右邊藍髮青年則是五官如同刀削，稜角鋒銳得很。

赫然就是蜚葉除污社的社長，海冬青，以及榴華除魔社的副社長，白烏亞。

「我突然發現到。」毛茅用唯有他和高甜聽得見的音量說，「小青和烏鴉學長兩人都是鳥類耶。」

白烏鴉和海冬青。

高甜面無表情，但嘴角不著痕跡地彎了一下。她沒有提醒毛茅，他自己的名字諧音聽起來都像「貓貓」。

一瞧見自家社長現身，氣氛本來還有些閒散的蜚葉學生們馬上沒了聲音，個個活像是縮起身子的鵪鶉。由此可見，海冬青在他們心中多具有威嚴。

薛螢吞下口水，忍不住往旁挪了挪步子。她不只是對海冬青抱有敬畏，更是對白烏亞抱持著忌諱，她可沒有忘記靠近白烏亞會倒楣的這條傳聞。

海冬青的視線先往自己社員們掃了一圈，接著朝榴華的兩人輕點下頭，說了一聲晚上好。

這毫無波瀾的三個字，讓他的學弟妹們大感震驚。誰不知道他們社長向來懶得和人客套寒暄，根本是能不講話就不講話。

薛螢暗中扯扯海燕，對她咬耳朵，「居然連社長都對大小姐另眼相看……」

「我覺得社長的眼光好差……」海燕以氣聲回應，眉宇間盡是難以苟同，「高甜漂亮，可是卻連同情心都沒有。她明明有能力，卻連幫忙小碧都不願意……」

發現到海冬青的目光似乎又往他們這瞥過來，海燕慌亂地吞了尾音，垂著眼，手腳拘謹得像不知該如何擺放。

海冬青看樣子真的只是不經意地望過去，他的視線隨即又淡然地收了回來。

「剛才毛茅說對了。」關依月接續之前的話題，「碧野這裡以前是第七公墓呢，後來公墓遷移走了，土地主人就決定讓這成爲一片樹林，好爲綠化世界、減少二氧化碳來盡一份心力。作爲紀念，這裡的樹木都是依照當初墓穴的位置來栽種的。」

有兩名女學生的臉色微微發白，看向樹林的眼神越發戰戰兢兢。

就算知道即便眞有幽體跑出來，也不過是單純的能量體……可是、可是，這地方給人的感覺就是很可怕啊！

「如何？有沒有更感覺到夜色美、氣氛佳了？」像是沒看見實習生面露不安，關依月微微一笑，踩著她那雙鞋跟十公分以上的高跟鞋，率先往樹林內走進去，「跟我來，我帶你們去看個東西。」

在最後方是海冬青、白烏亞壓陣的情況下，一群人像小鴨子般乖乖排成一排，緊跟著關依月的腳步。

林內相當暗，不過對於擁有契魂的兩社社員們構不成太大影響，他們依然能大略看見周邊景色。

而從林外看就覺得陰氣逼人的樹林，走到裡面更令人感覺頸後發毛，一顆心不自覺地提了起來。

那些像要融入暗影裡的樹木宛若沉默的怪物，靜靜地在旁凝望著闖入這塊土地的人們。過分的安靜反倒呈現一種不尋常的詭譎。

在這種氣氛影響下，隊伍中沒人發聲，僅有關依月柔和的聲音述說著今日的課程內容。

「你們都知道幽體是怎樣的存在，基本上沒有危險性，能夠留存的時間不長，通常會自然而然地消失不見。不管是『基本上』或是『通常』，這兩個詞彙代表的就是會有例外。我現在要告訴你們的——就是這個例外。」

隨著最末一字柔軟地滲入夜氣中，關依月帶領眾人來到一間看起來已成廢墟的小屋。

「這是以前留下的公墓管理員室。」關依月拿出鑰匙，「喀」地轉開了門鎖。

然而門並沒有被打開。

就在大夥心存疑惑之際，小屋外牆驟然轉爲透明，使得屋內景象一覽無遺。

抽氣聲霎時此起彼落，實習生們瞪大了眼，幾乎難以相信自己目睹了什麼。

管理員室裡頭與外觀的頹圮截然不同，是一個被清理得相當乾淨的空間。在外牆轉爲透明的情況下，只剩下了天花板和地板。

而在這個空間的正中央，赫然佇立著一道發光人影。

「是……幽體！」海燕失聲喊了出來，「爲什麼它會在這？」

屋裡的幽體有著屬於女性的曲線、長長的髮絲，卻缺少了構成細節的線條。

光源正是來自於它的皮膚表面，怪異的藍白色光芒如同電光閃爍，驅散了它四周的闃暗，卻也將那些樹影拉得歪斜，活像是扭曲的巨大人形。

腦內過分活躍的想像力讓薛螢的頭皮都要炸了，她無意識地抓緊海燕的手，同時不忘四下尋找白烏亞所在位置，就怕自己一個不小心和對方離得太近。

所幸，那名灰髮青年就站在離所有人最遠的角落。

薛螢鬆了口氣，覺得對方有自知之明最好，省得自己還要提心吊膽。

可下一秒，透明房內的異變抓回了薛螢的注意力。她就和其他人一樣，驚疑地瞪著身邊乍現滋滋電光的女性幽體不放。

幽體無預警地扭過頭，那兩個眼洞彷彿在和屋外的人對視，看得人一悚。

「啪滋」的音響在林中就像被放大了數倍，緊接著幽體腳下的磁磚霍然迸開裂縫，猶如黑色傷疤的縫隙一路往前延伸，直到撕裂了好幾塊的磁磚表面才終於停下。

電光消隱，幽體又垂下頭，回到最初像對外界動靜無動於衷的姿勢。

但這短短的幾分鐘，已足夠實習生們留下深刻的印象。

關依月走上前，重新鎖上門。

隨著同樣的聲響再次響起，小屋外牆恢復原狀，幽體也一併消失在眾人的視野當中。

「關老師，那是怎麼回事？」海燕再也憋不住滿腔的疑惑，迫不及待地追問道：「爲什麼這屋子有幽體？幽體不應該很罕見？又爲什麼大家都能夠看得……」

關依月抬起手，溫和地截斷了海燕連珠炮的問題。

「我會一個個解釋的。」她說，「這也是我今天要告訴你們的知識，不過現在，先把這戴上吧。」

關依月拋給一票學生們的，是通訊用耳麥。等到大家佩戴完畢，她又帶他們往另一頭方向走，遠離了那間關著幽體的管理員小屋。

黑夜中樹影層層交疊，像是要將林外和林內隔成兩個世界。越往深處走，原本還隱約能聽見的車輛呼嘯聲，在不知不覺中亦化爲沉寂……

唯有從耳機內透出的關依月溫和聲音格外明顯。

「一般來說，幽體沒有危險性，留在世上的時間也不長。往往能量散去，它也就跟著消失。這些基礎知識，我相信大家都知道，但是也有不一般的時候。」

關依月沒有回頭，她步履沉穩，腳上的那雙高跟鞋似乎一點也不會妨礙她在林中的行進。

「前面說了，幽體是種能量。假如它們補充到更多能量，那麼就能長時間地存在於世界上。很不幸地，在污穢誕生前，造成環境污染的那些黴斑……它們散發出的無形波動，就能替幽體補充能量。」

毛茅覺得腦裡似乎有什麼被這說法觸動，但閃掠得太快，一下子捕捉不到。但他不心急，聚精會神地聆聽關依月的說明。

「你們可以把幽體想像成一個蓄電量過飽和的電池，當幽體獲得了超出它負荷的能量，就會須要釋放，於是就產生了『騷靈現象』。用直白一點的話來說，就是大眾認知的靈異事件。明明沒有人，但物品飛起或遭到破壞等等……也就是你們方才看見的地板龜裂的那一幕。」

「關老師。」被毛茅稱爲「白眼鏡」的蜚葉學生提出問題，「那換成污穢呢？污穢的能量……會不會給幽體更大的力量，讓幽體製造出更大規模的破壞行爲？」

年輕女子的輕笑聲像潺潺流水滑過眾人耳畔。

「非常幸運的是，幽體僅會吸收污染現象所釋放出的能量波。一旦污穢誕生，幽體反倒避之唯恐不及。」關依月說，「至於屋裡的幽體，是協會日前發現的。原本是打算加速瓦解它的存在，不過在這之前，可以先讓你們親眼看看，當成一個教學示範。」

關依月終於停下腳步，她轉過身，俐落地一彈指。

「啪」的一聲，原先陰暗的樹林間竟是燈光大亮。

突來的熾白色讓一眾學生反射性抬手擋著眼。

原來此處設立了多盞照明燈，只不過被大片陰影覆蓋，才沒讓人察覺到它們的存在。

蜚葉的學生們發出了痛苦的呻吟聲，彷彿在這一刻目睹到什麼不忍直視之景。

毛茅心念一動，立刻戳按手腕上的金屬手環。僅僅一眨眼，他的服裝就做了切換，暗紅色的榴華社服取代輕鬆簡約的上衣、牛仔褲，碎金屬和鐘錶面盤成爲低調中的奢華裝飾。

毛茅拉下護目鏡，映入眼中的世界瞬間變了一個樣。

色澤偏暗的樹木和那些張牙舞爪的樹枝，依然給人陰森森的感覺，但在燈光的映照之下，異於深褐的色彩頓時無所遁形。

讓人直覺想到黴菌斑的青黑斑紋，密集地侵佔了這處空間。它們有深有淺，有大有小，有的還飄浮著菌絲般的絲狀物。那些細絲從上方垂下，在半空中隨著鑽過葉隙的晚風擺晃。

怪不得蜚葉的人會發出那種像被掐住脖子的聲音。

毛茅垮著肩，連偷吃洋芋片的欲望都沒有了。

他們簡直就像身陷在一座發霉的森林裡。

「好啦，今天主要要告訴你們的，就是刷黴斑的重要性。」關依月拍拍雙手，拉回眾人的視線，「不只可以防止污染加重，也能預防幽體因而延長存在的時間，甚至引起騷靈現象。」

頓了一頓，像沒瞧見那些稚嫩面容上的愁苦，關依月笑得溫婉動人。

「碧野的主人也是協會的一分子，他很樂意把這裡提供爲教學用地。所以這地方，就要麻煩你們刷乾淨了。啊，不能想要偷懶，就中途溜走喔。包含我在內，四位除穢者會在碧野的外圈顧守著。」

四位除穢者？眾人一時有些茫然不解地看看左右。

除了關依月之外，現場應該就只有社團幹部的海冬青和白烏亞是除穢者，那麼最後一位究竟是……

直到他們聽見紫髮男孩苦惱地說：「那不就只剩我一個負責刷地板了嗎？」

直到他們看見容姿昳麗的黑長髮少女走了出來，加入海冬青和白烏亞的行列。

第四位除穢者，高甜。

第八章

當高甜負責到外圈看守，榴華除魔社本就稀少的一年級社員，頓時只剩下毛茅一個人。關依月自然不會讓毛茅單獨行動，他和海燕，以及薛螢被劃分在同一組，負責清潔碧野東側的區域。

有了基本燈光照明，那些黴斑的蹤跡並不難尋找，就是比較考驗實習生的清潔技巧。凹凸不平的樹幹不比平滑的地面，刷起來提升了不少難度。

「啊啊……」毛茅抬起頭，看著上方黏附著黴斑的一根樹枝，衡量著樹枝與他之間的高度，然後心痛地得到了一個答案。

樹太高。

他太矮。

就算是踮起腳、舉起長柄刷，還是差那麼一根手指的距離。

「真希望這些黴斑可以不要長得那麼奔放，乖乖在地面上多好啊。」毛茅嘀咕地叨唸著，腳下霍地一使勁，幾個踏步便靈活地攀躍到樹上。以其中一根枝幹作支撐點，他伸長手臂，努力刷除著前方的髒污。

一邊刷，毛茅一邊放任自己思緒奔騰。他仍是記掛著關依月不久前曾說過的幽體知識，那些話讓他心裡有個猜想隱隱成形。

另一邊的海燕和薛螢也在埋頭刷著青黑色的紋路。

海燕有些心不在焉，不知道在想著什麼，好幾次對薛螢的問話都沒有反應。

得不到回應的薛螢彈了下舌頭，也不想再自討沒趣。她乾脆轉過頭，把注意力放在和她們同組的紫髮男孩身上。

「欸欸。」薛螢走了過去，在樹下揮揮手，要毛茅看往她那邊，「你叫毛茅對吧？我叫薛螢。」

卻沒想到樹上的紫髮男孩就像沒聽見似的，連薛螢揮舞的那隻手都映不入他的眼裡。

毛茅確實沒留意到薛螢的叫喚，他的思緒快速旋轉著。

然後就像齒輪找到契合的位置，那些一直存於他心底深處的疑問，也在剎那間有了解答。

只要有補充能量，幽體就能長期存在。

——烏鴉學長是除穢者，清掃黴菌斑是他的基本工作。

幽體會釋放過多的能量，引發騷靈現象。

——烏鴉學長的身邊確實沒發生詭異的靈異事件，可是凡是靠近他的人，都容易出意外。

如果這些意外，其實就是騷靈現象的另一種表現……那就通通說得通了。

那讓動物本能感到排斥、不願靠近，並纏縛白烏亞多年的無形存在，恐怕就是……幽體！

毛茅精神一振，他摸上耳機，立刻就想聯絡白烏亞，跟他說自己的發現。正巧海燕也在這裡，他們可以等實習結束後……！

從眼角處竄來的影子讓毛茅掐斷了思考，同時雙腳迅速往上一縮，躲開了讓小腿平白挨上一擊的危機。

「嘿，叫你啊！」舉著長柄刷往樹上敲的薛螢瞧見毛茅回過神，立刻樂得咧開嘴，「總算肯理我了。」

「隨便拿東西亂打人可不是好習慣哪。」毛茅嘴角噙著笑，金澄色的眼眸裡看起來沒沾上火氣。

可無來由地，薛螢的心裡卻咯噔一下。她訕訕地笑了笑，收回長柄刷，嘴上下意識地為自己開脫，「還不是你剛一直沒理人，我才……我聽海燕提過你。」

「海燕呢？」毛茅忽然問。

「咦？」薛螢發出了不解的音節。

「海燕人呢？」毛茅俐落地跳下樹，目光飛快往四周打量。

「海燕不就在……」薛螢納悶地抬手往後一比，然而撞進她眼中的竟是空無一人。

本該在那刷著樹根上黴斑的紫髮少女，不知何時失去了蹤影。

「咦!?」薛螢這下眞的控制不住自己的音量，她忙不迭地跟著四下察看，但怎樣也沒發現那抹熟悉的影子。

海燕不見了！

「海燕？海燕！」薛螢扯高嗓子大叫，回應她的卻是一片靜謐，她不解又焦急地抓抓頭髮，「搞什麼？她是跑哪……啊，手機！」

猛地想到還有手機能夠聯絡人，薛螢馬上拿出手機，只不過撥出的電話遲遲無人接聽，最後轉入了語音信箱。

「她不會眞偷懶，中途溜了吧？」薛螢不敢置信地低喊。除了這個可能性，她想不到其他理由，「但關老師他們不是在樹林外面守著嗎？她難道就不怕……」

薛螢本想等一旁的毛茅給予回應，可是等了半天，別說一句話，連哼一聲都沒等到。

「喂，你……你在幹什麼？」薛螢的質問在她瞧見毛茅的動作後，轉成了一頭霧水。

紫髮男孩蹲在地上，猶如在觀察什麼。聽見她的問句後才抬起頭，露出一抹遊刃有餘的笑意。

「我覺得我對追蹤還滿擅長的。」毛茅站起身來，不假思索地朝其中一個方向邁出步伐。

「什……欸！等一下！」薛螢完全摸不著頭緒，只能直接跟上。

隨後又差點撞上突然停下的紫髮男孩。

緊急煞住腳步的薛螢忍不住想罵人，但是下一秒響起的話聲，讓她將湧上喉頭的不滿全吞下肚。

「看樣子，果然是往這裡呢。」

薛螢聞言一驚，趕緊從毛茅身後探出頭，雙眼登時詫異地瞪大。

就在前方不遠處，一副耳麥正靜靜地躺在地面上。

海燕爲什麼會無故離開？

還不接手機，甚至將耳麥摘下丟在路上，彷彿不想被人找到。

沒有花上太多時間，這些問題就都有了答案。

薛螢是一路跟著毛茅走的，越走她越覺得這條路似曾相識。等到那間外觀破敗的建築物闖入視野，她才恍然大悟，原來是通往管理員小屋的來時路。

而他們要尋找的那名紫髮少女，就在小屋門前。

薛螢一開始以爲自己眼花了，否則她怎會看見自己的同學舉著彎刀，試圖破壞那扇閉掩的門板？

等到那「咚咚咚」的擊打聲再次進入她耳中，她終於反應過來那不是錯覺，臉色大變、驚慌失措地衝向前，抓住了海燕準備舉高的手臂。

「海燕！」薛螢手上使勁，猛地將人往後一拖，拉開對方與小屋的距離，「妳在搞什麼鬼啊！」

「小、小螢！」海燕嚇了一跳，像是沒想到會有人找過來。她的眼珠子緊張地轉動，發現還有第三人在場時，纖細的身子瞬間僵住。本來還稱得上高昂的氣勢就像被戳了洞的氣球，迅速消扁下去，連抓握在手上的契靈也變回缺乏攻擊性的長柄刷。

紫髮少女垂著頭、縮著肩，像隻可憐兮兮的落難小動物，但覷望向另外兩人的眼神中又帶著一絲冀求，像是希望他們能夠對自己剛剛的行爲裝作沒看見。

「所以妳地不刷，就是爲了跑來這裡……撞門？」薛螢一臉匪夷所思地看著海燕。

「我……」海燕嘴唇動了動，聲如蚊蚋地說。

但聲音太小，讓人無法聽清。

「什麼？」薛螢狐疑地湊上前。

海燕抬起頭，音量猛地放大，綠眸內浸滿著委屈，「我只是……只是覺得幽體很可憐！就算它沒有意志，也不該這樣把它關在裡面！」

「老天……」薛螢目瞪口呆地看著朋友，之後像受不了般拍了一下額頭，「海燕，妳有什麼毛病啊！」

海燕瞪大眼，臉上閃過受傷的神色，眼裡隱隱泛起霧氣，「小螢，妳怎麼能這樣說……妳不是應該一起幫我？像之前妳就幫我轉了小碧的照片……」

「那是完全不同的概念，ＯＫ？」薛螢更用力地瞪回去，「轉照片我隨便按個分享就行。幫妳撞這扇門，社長知道會殺了我們的。」

老實說，毛茅不想也沒興趣介入這兩名女孩的爭論中，但他不得不出聲打斷了。

「嘿，我猜我看到的那個不是錯覺？」

海燕與薛螢反射性聞聲望了過去。脾氣急的後者想也不想地就要將被打擾的惱怒潑灑出去，只是當她看清紫髮男孩指的地方，那些不滿就像被澆淋了大盆冷水。

海燕倒吸了一口涼氣。

小屋周圍亦被不少青黑黴斑包圍，然而就在這些青黑之中，竟還混雜著一些不易被察覺到的青灰色。

如今，那些青灰色的黴菌斑在起伏、在湧動。

它們簡直像獲得了生命，在交錯的樹影間活了起來。

海燕和薛螢瞳孔收縮，雙腳頓時有如燙到般蹦跳起來，以最快的速度遠離了小屋。

因爲那些青灰色的不規則斑紋，就像急速滑退的潮水，轉眼撤離原先佔據的樹根地面。

一口氣全沖刷至小屋的門縫邊！

那是最初徹底被人忽略的小角落，誰也不曾留意到門縫下的凹陷處，赫然冒出了小小的白色圓頭。

乍看下像是拇指大的蘑菇，但普通菇類不會瘋狂吸收那些匯聚而來的斑點、斑塊，更不會在下一眨眼間就消失得無影無蹤。

突然之間，那東西就平空出現在毛茅他們眼前了。

巨大、瀰漫著海腥味，在夜間裡發著不祥的幽光。

它的直徑大約有四公尺，圓傘狀的半透明身軀內側散出幽藍色的熒光，可以看見體內一條條輻管呈放射狀延伸至傘膜邊緣。而在傘膜底下，圍垂著數十條粗大的半透明觸鬚。觸鬚中段後卻是由無數碎金屬嵌組而成，最末端則是燃灼著蒼白色的火焰。

平心而論，這隻肖似巨型發光水母的污穢，大概是毛茅目前看過顏值最好的一個了。

雖然這樣的長相待會打起來可以不傷眼睛，但毛茅更在意的是另一件事。他摸著下巴，金眸微瞇。

如果熟知毛茅的黑琅在場，他立刻就能看出自家鏟屎官此刻正轉著什麼心思。

——那隻水母，不曉得是不是能像海蜇那樣適合做涼拌菜呢？

發光的污穢飄浮在半空，沒有立即發動攻擊，而是慢慢抬起觸手，末端的白火像一隻隻眼睛，在評估著面前是否有好入口的獵物。

或許是它的溫吞和缺乏震懾力的外形，與傳聞中的恐怖形象難以搭上，薛螢在這瞬間生起了躍躍欲試的念頭。

說不定……他們能夠打得贏這隻污穢？

不須呼叫除穢者，只靠他們實習生也是可以的！

這個想法讓薛螢舔舔嘴唇，雙眼放光，興奮混著緊張在她體內遊走，最終轉換成一股初生之犢不畏虎的豪壯心情。

污穢的觸手還在徐徐舞動著，彷彿在確認誰才是它的首要目標。

毛茅見怪不怪地發現那些燃著白火的觸手不管怎麼點晃，就是硬要跳過他的存在，好像他這個大活人不在現場似的。

反正污穢對他的歧視，也不是一、兩天的事了。

毛茅微聳著肩膀，站姿看似隨意，可其實已經調整成最短時間內能做出反應的姿勢，無論是攻擊或防禦。

如果換作只有自己一個人，毛茅很樂意直接和污穢對上。

只是眼下還有海燕她們，安全起見，他果斷地按上耳機，聯繫上離他們最近的除穢者。高甜。

但毛茅只來得及喊了一聲「高甜，我們在……」，就被薛螢猛地一把搶走耳麥，關掉了通訊功能。

「別通知他們！」薛螢急切地低語，「我們可以自己來，我們有三個人，這隻污穢看起來又那麼弱……」

「小螢，妳瘋了嗎？我們只是實習生！」海燕像聽見最荒謬的話，錯愕地瞪著齊劉海少女，「這種事情，該讓更有能力的人去做才對的！」

「誰說我們沒有能力？」薛螢的話尾方落，一把西洋劍迅速從翻騰的影子裡竄出來，到了她的掌間，「我們只是沒嘗試過，不試一試，怎麼知道行不行？」

「社規第一條，實習生嚴禁獨自面對污穢，必須第一時間聯繫社團幹部或其他除穢者。」毛茅沒想過有一天這話會從他嘴中說出來，感覺好對不起過去的自己啊。

「海燕妳也一起的話，我就不跟社長打小報告……難得有這個機會，妳就幫幫我達成願望嘛！」薛螢改用哀兵策略，「妳不是知道我一直很想打一次污穢看看的……」

海燕像被說動了，被她緊握在手裡的長柄刷一轉眼就成了彎刀型態，那正是屬於她的契靈原貌。

水母污穢的觸手霍地停止了飄動，一簇簇白火閃滅了幾下，就連身影也淡去不少。像是毋須外力攻擊，它自身就快要維持不住整體的完整性。

少女們的臉上不禁流露竊喜。

然後那份喜悅，在下一瞬就被凍結住。

毛茅吹了聲口哨。

污穢的黯淡就像曇花一現的錯覺，隨著它恢復形影，更多虛影卻自它身上飄了出來，像是被無形氣流帶動，往旁邊飄晃。

一個、兩個、三個、四個……越來越多發光水母飄蕩在林木間，它們大小不一，色澤不一，形狀上也有著差異。

但唯有一點，是相同的。

它們的觸手末端一律都燃著蒼白色的焰火。

所有觸手舉起，所有恍如眼睛的一簇簇白焰盯住了它們的獵物。

當那一聲「高甜」猝地消失在耳機中，黑長髮少女眸光瞬間一厲，反射性就想往樹林東側跑，那是毛茅被分配到的區域。

但是有什麼及時拉住了她的腳步。

不對，如果位置不變，那麼小豆苗不會特意喊出「我們在……」。那段未完的句子，明顯就是想要通知他們所在的新地點。

高甜思緒轉得飛快，從那僅僅只有五個字的話語中抽絲剝繭。

她對毛茅不能說有全盤的了解——她會將這個視作最終的唯一目標——可大致上也能抓摸住幾分。

那名私下進行違規打工的紫髮男孩即便碰上危險，也會興致高昂並且樂在其中地獨自扛下。

會讓他主動聯絡自己的最可能原因，就是在他身邊還有其他人的情況下，危險找上門了。

高甜馬上翻出包包裡被調成震動模式的手機，畫面一解鎖，專門用來偵查污穢能量波動的程式果然正跳動著反應，地圖上顯示的位置離自己不遠。

就在樹林的東北方！

高甜果斷地疾奔而出，沒有太久，她就知道自己選對了。

沖天的大量光絲躍入她的眼眸內，轉瞬間便在高空中編織成無數網格，像張撒下的漁網兜頭罩籠。

回收場開啓了！

高甜腳下速度猛地加快，接著毫不猶豫地一頭闖入獨剩紫與紅的詭譎世界。

夜空成了暗紫，地面是亮度高的鮮紅；林立周遭的樹木像是被人粗暴地隨意用油漆潑濺，紫與紅流淌成不規則的形狀，可彼此間卻又壁壘分明，不曾融混在一塊。

而在這些暗紫和鮮紅之間，完成一鍵換裝的黑長髮少女則是最鮮明的一抹流動色彩。

雪白的面容精緻如無瑕的瓷器，纖細的腰桿被漆黑的馬甲強硬束起，暗紅的裙襬如烈火翻騰，相嵌在腰間的金屬玫瑰似乎隨時要栩栩如生地綻放開來。

當高甜趕至管理員小屋時，饒是陷入苦戰中的海燕和薛螢也不由得被對方強勢明艷的存在感，攫住了幾秒鐘。

甚至是那些飄浮在林間的大小水母，也像被高甜的出現拉走了注意力，燃著白火的觸手不約而同地移轉了方向。

像見獵心喜的猛獸，移不開對上乘獵物的關注。

高甜只需要這短短的幾秒鐘就夠了。

六束熾白光束從高甜腳下的影子裡竄出，有若六道流星，迅雷不及掩耳地分別衝向了海燕及薛螢面前的發光水母。

刀尖凶猛地刺穿水母的正中心，隨即繼續往下一個目標掠出，帶出了接二連三的破裂聲。

海燕和薛螢頓覺契靈上的壓力驟消，再一眨眼，本來將她們倆包圍住的污穢竟是全像被扎了洞的氣球，只餘薄薄的皮膜掉墜在地面上。

驚人的實力差距，讓海燕和薛螢呆傻在原地。

確保了兩名實習生的安全，飛馳的六把刀瞬減爲一把，回到了操控者的手上。

高甜握住自己的契靈，目光迅速搜尋起那抹矮小的身影。

樹林中，沒有。

被毀壞一半的小屋內，沒有。

屋內不見幽體的存在，它被留在了回收場外。但可能當回收場關閉之後，它也早已煙消霧散——污穢的能量波動會加速它自身的崩解。

下一秒，皮膜墜地的「啪嚓」聲響，讓高甜的視線反射性鎖定了上方。

她要找的紫髮男孩就蹲踞在樹上，像隻無害的小動物，可那雙閃耀著戰意的金瞳和嘴邊鋒利的笑容，都洩露出了他的危險性。

毛茅握著自身的仿生契靈，和高甜對上視線後，他咧了咧嘴，頰邊的酒窩也跟著浮現。

「嗨，高甜。」

毛茅舉起一隻手，另一隻手則是迅猛地往旁一戳，快狠準地讓一隻發光水母成了一攤扁平的膜，高高往下砸墜。

見到援軍趕至，毛茅俐落地從樹上跳下，像一條敏捷的閃電。

「總共有十五隻，妳一來就解決了一半以上，再加上我的，還剩下三隻。」毛茅沒有提起之前發生過什麼事，只是直接切入了重點，「不過問題不在數量上，而是在……」

毛茅舉起手，往上一比。

高甜瞇細眼，透過層疊枝葉交錯出來的空隙，暗紫色的天幕中有一抹巨大的幽光體飄浮著。它完整的輪廓被擋住，可從幾隻擺晃的觸手來看，不難判斷出那約莫也是一隻發光水母。

「本體？」高甜從大小推測。

「對，它死活不肯下來。飄太高了，我用劍不好瞄準。」毛茅吐出一口氣，這時候就格外懷念起黑琅的存在。要是有用習慣的黑鞭在手，任憑那隻污穢再怎麼會飄，他也能不客氣地把對方拖回來。

但這一切的前提，都得建立在他有帶他家大毛出來。

高甜頷首，示意由她來，她的六花在追擊上有很大的機動性。

「啊！」海燕忽然發出驚恐的叫喊，「污穢！」

前一秒本來還窩躲在更高處，任憑分身去攻擊人的污穢……居然動了！

而且，以來勢洶洶的速度往下俯衝。

這意料外的變故讓毛茅、高甜的眼中閃過凜冽，他們反射性按住各自的武器，就等污穢衝進最佳的攻擊範圍內，便一起出手。

眼看雙方距離大幅縮短，只要再前進那麼一點，就等同污穢自投羅網。

可誰也沒想到，霎時——異變陡生！

海浪聲湧動，歌聲響起。

以爲要直衝向毛茅等人的發光水母，猛地來了一個大拐彎，繞過了四名少年少女。

它龐大的體積不斷地縮小、再縮小，最後收縮成巴掌大的幽光——

視線追著污穢的毛茅等人震愕當場。

——污穢沒入了一道灰白身影體內。

沒人知道何時管理員室的屋頂上坐著一個人……不，那恐怕也不能稱之爲一個「人」。

浪濤聲依舊一波接著一波地拍打進眾人耳內，紫紅的樹林彷彿被看不見的海浪包圍住。

坐在屋頂上的灰影有著類似人的上半身，但胸口位置開了個洞，暴露出森森白骨，下半身卻是一條碩大、布滿灰白鱗片的魚尾。

遮覆住人影整張臉孔的蒼灰髮絲，像被褪了所有生機，散發著濃濃死氣。它們在半空中像受到無形氣流的抬升，無風也能徐徐飄動。

從髮絲間隙中，隱約能瞧見豎立的淡銀瞳仁，還有……正對著毛茅等人緩緩咧開的嘴巴。

「臥槽，活的人魚耶。」毛茅喃喃地說，開始懷疑他們榴華的人是不是有某種吸引人形污穢的體質。

從小紅帽、長髮公主，到現在的人魚，通通都是先跟榴華的學生有過接觸。

高甜遞給了毛茅冷淡的一眼，像在說：你傻了嗎？那不是活的難道還是死的？

不像毛茅、高甜尚能冷靜自若，悚懼猛地灌入了海燕和薛螢的四肢百骸，令她們雙腿一軟，竟是站不住地往下跌坐。

比起之前能夠分化出眾多分身的污穢，眼前的這道灰影，才眞正地帶給她們……恐懼。

能夠進入回收場的，除了擁有契魂的生物外，就只有污穢。

縱使是具備著似人的外表，對方的身分卻終究不言而喻。

她是人形污穢……她是魔女！

之前只在社團學長姊口中被提及，距離大夥明明如此遙遠，彷彿不是眞實存在的人魚……此時此刻，竟是活生生地出現在她們眼前。

被灰髮遮掩住泰半面容的人魚悠悠擺晃一下尾巴，她的髮絲越散越開、越伸越長……就像是蠕動的觸鬚，即將要觸及面前的四名年輕學生。

「是誰呢？好像是妳……但也不是妳……」人魚哼唱般地說，青稚的聲音襯著她灰敗缺乏生機的灰色身軀，反倒給人強烈的詭異感，「不是也沒關係，我想吃……」

薛螢駭恐地瞪著眼，覺得那細細的灰絲幾乎要觸碰上了她的臉頰，滲出一股涼意。

可就在下一剎那，所有灰色髮絲「唰」地抽回，灰色人魚撐在屋簷的雙手霍地一壓，碩大魚尾猛然一擺動，竟像竄出槍口的子彈，高速衝向天際的網線——

毛茅瞳孔一縮，長劍即刻脫手射出，卻來不及追上那抹欲逃的灰影。

高甜的動作亦是飛快。

「六花！」

五把長刀從影子裡竄出，與高甜鬆開的那把長刀一起，六道炫白光束快若疾雷地追著那條擺動的灰白魚尾而去，留下了長長的光之軌跡。

然而人魚的速度終究快了好幾步。

只不過一眨眼，灰色魚尾就消失在眾人的視野之內。

追至空中的六束熾光最後刺穿的，僅是一片虛無的空氣……

等到其餘人接連趕到，人魚早就消失無蹤。

「毛茅、高甜！」白烏亞快步上前，那張缺乏表情的面容上外洩了一絲擔心。

高甜朝白烏亞點點頭，接著就往關依月的方向走，主動向對方匯報當時的狀況。

蜚葉的幾名學生一看見海燕和薜螢立即一擁而上，急切地關心她們的情形。在確認無礙後，接著就是忍不住追問起先前究竟是發生了什麼事。

薜螢抹不去驚魂未定的感覺，她結結巴巴地擠出聲音，「魔女」和「人魚」兩個字詞都讓她的社團同學們發出驚恐的抽氣聲。

難以相信，人形污穢曾離他們那麼近……

其中有女孩子細心注意到海燕的臉色特別蒼白，尤其她本就給人柔弱的印象，對方趕緊攙

扶她到一旁坐下。

細聲地向同學道謝，海燕倚樹而坐，感覺心臟一時仍平復不了過快的跳動。四周的聲音聽在她耳中，化成了無意義的嗡嗡聲。

薛螢還在跟其他人說著人魚的事。

關依月、海冬青和高甜站在一起，嚴肅的氣氛令人不敢隨意靠近。

海燕的視線不經意地再往旁邊掃，撞進眼內的景象讓她的碧瞳遽然凝縮。

誰也沒有發現到，低頭和毛茅說話的灰髮青年後方，竟有道虛影。

先是模糊的輪廓，旋即凝結成幽藍色的發光人形。光絲般的長髮披散，上半身清晰，下半身氤氳模糊，僅能從側臉和嬌小的體型判斷，那或許是名小女孩。

緊接著就像電視上出現的雜訊，影像扭曲地閃動幾下，又驟然消隱……

即使如此，也足夠讓海燕確定那不是她的錯覺了。

紫髮少女摀著嘴，用盡力氣才沒讓驚叫聲衝出喉嚨，但是瞠大的眼眸藏不住她的驚疑與愕然。

她看到了……

白大哥的身後是，幽體！

第九章

海燕作了一場夢。

她很清楚地感覺到自己在作夢，她就像是以一個旁觀者的角度，觀看夢境裡的一切。

四周景象輪廓被暈染得模模糊糊的，唯有中央地帶格外清晰。

起初只有一抹嬌小人影在奔跑，彷彿急著趕去什麼地方。那紫色的髮絲、淺綠的眼眸，還有那彷如縮小過的眼睛、鼻子、嘴巴……

都讓海燕驚愕地瞪大眼。

她絕對不可能認不出來的，因爲那就是年幼的自己！

自己要去找什麼人？

答案很快就出來了。

另一抹小小的身影出現在不遠處，他有著淺灰色的頭髮、精緻的五官，藍眼睛像天空下的湖泊。

海燕一眼就認出，這是小時候的白烏亞。

難道說，這是她和白烏亞以前發生過的事嗎？但爲什麼……她反而沒半點印象？

在海燕的滿心疑惑中，夢裡的畫面依舊在進行。

小女孩快步走上前，伸手拉著小男孩，嘴巴一張一闔，像是快速說著什麼。

海燕卻什麼聲音也聽不到。

這個夢境發生的一切，都是安靜無聲的。

她有若在觀看一場默劇。

小男孩的臉上先是流露困惑，接著轉爲吃驚，接著又搖了搖頭。

這個反應似乎讓小女孩覺得錯愕，只見她張大了碧綠色的眸子，像不能理解對方的行爲。

她急切地又說了什麼，還從口袋拿出一枝筆想交給小男孩。

小男孩卻是往後退，眉毛皺起，不時搖著頭，明顯像在拒絕小女孩想交付的東西。

海燕不明白，爲什麼不接受呢？

小女孩也不明白，她難受又不解地瞅望著小男孩，握著筆的手固執地不肯放下，依舊直直地舉在半空中。

小男孩仍是搖頭，他張了張嘴，吐出的是海燕聽不見的話語。

但是從小女孩受到打擊的神情來看，不難猜出那仍是一個拒絕。

海燕不由得心裡急了，她想大叫出聲，想叫小時候的白烏亞快答應、快接受，爲什麼要抗拒別人的好意？

就算海燕記不得這究竟是何時發生過的事，可她很肯定，自己一定是想給予白烏亞幫助。

小女孩紅了眼眶，可終究執著地不願放棄。她張嘴無聲地喊著，不等小男孩再冷漠地給予拒絕，就突然大步上前，堅定地要將筆塞進對方手中。

然而就在那隻小手即將碰觸到目標之前，小男孩猛力地推開了小女孩。

那裡有階梯！

「不！」

海燕驚叫出聲，同時從床鋪上彈坐起來。

她劇烈地喘著氣，汗水浸濕了她的後背，心跳比往常來得急促，過了好一會才漸漸緩和下來。

海燕眨了眨眼，映入眼中的景象讓她反應過來，這是在自己的臥室裡。

她沒再繼續作夢，她從夢裡醒過來了。

只是夢中的一切細節仍歷歷在目，久久揮之不去。

海燕吐出了一口氣，用手指耙梳頭髮，眼神猶發愣地望著前方，好像在凝視著壁紙的圖案，又好像只是焦距剛好落在那裡。

她眼神放空，腦中的思緒卻很活躍，不明白自己怎麼會無故夢到小時候的事，她對那段過去沒有印象，可是心裡有個聲音在告訴她……那的確是曾經發生過的事實。

那種想幫助人，卻遭到狠狠拒絕的受傷感，至今還盤留在心頭難以抹去。

如果可以，海燕眞想回到過去，問問當時的白烏亞爲什麼不願意接受自己的幫忙？爲什麼要……那麼過分地推開她？

海燕用雙手揉著臉，想讓亂糟糟的心情稍微平復些。沒想到就在這時，一陣高昂的音樂猛然響起。

那是有人在按門鈴。

這個認知讓海燕徹底地清醒過來，她急忙跳下床，踩著拖鞋往外跑。

他們家是雙薪家庭，父母一早就出去上班，現在就只有海燕一個人在家。

「等一下……請等一下！」海燕下意識拉高聲音喊著。她一路跑到了客廳，拿起門鈴對話筒，匆匆「喂」了一聲。

當話筒另一端嗓音響起，海燕不由自主地露出一個愉快的笑臉。

將大門打開，海燕開心地對著門外的小客人打招呼，「早安啊，小碧。」

「早安，小燕姊姊。」站在門外的紅髮小女孩仰高頭，也揚起一個有點害羞的笑。

「小碧，妳先坐一下喔。」猛然想到自己還沒刷牙洗臉，海燕臉一紅，連忙往廁所跑，幾分鐘過後總算將自己打理得清清爽爽。

海燕回到客廳，看見小碧乖巧地坐著，垂著臉，好像不敢隨意東張西望，就連雙手也規規矩矩地擱在膝蓋上。

那份不像這年紀孩子該有的拘謹，讓海燕不禁心疼起來。

「小碧，妳吃早餐了嗎？」她彎下身溫柔地詢問著。

紅髮小女孩沒有出聲，但她肚子裡倏然傳出的咕嚕音響，顯然就是最好的回答。

海燕揚起笑臉，「那我們等等一起吃吧。」

對於烹飪這件事，海燕最熟悉的就是煮泡麵，但這可不是合格的早餐，因此她乾脆簡單地弄了兩大碗牛奶玉米脆片。

而小碧就像是一條黏人的小尾巴，海燕走到哪，她就跟到哪。從客廳跟進了廚房，又再跟著走回了客廳，小鼻子還不時地嗅著，彷彿耐不住飢腸轆轆。

海燕眞怕小碧餓壞了，連忙一坐下就把碗推給對方，「別吃太快，要是吃不夠的話還有喔。」

小碧吃東西的樣子很認眞，她似乎覺得玉米脆片很稀奇，舀起一匙都要研究一會，才配著牛奶一起吞入嘴巴裡。

這可愛的模樣讓海燕眼中笑意加深，她也拿起湯匙，一邊吃著這簡易的早餐，一邊說：

「小碧今天不用上學嗎？」

「小燕姊姊也沒有上學。」

「我是請假了啊。」

「小碧也請假了。」

海燕被紅髮小女孩理直氣壯的表情逗樂，「我是事情太多、太累，妳呢？」

「我也是事情太多、太累。」小碧正經八百地說，「要找另一半。」

「不是另一半，是雙胞胎。」海燕噗哧一笑，她伸手揉揉小碧的頭髮，「妳別擔心，我一定會幫妳的，所以不要四處亂跑，很危險的，說不定還會碰上幽體呢。」

「幽、體……？」小碧猶如不理解這個單詞，慢慢地重複。

「妳的爸爸媽媽沒教過妳嗎？」海燕的眉頭蹙了一下又鬆開，「沒關係，姊姊告訴妳喔。幽體就是鬼，和電視上看到的那些嚇人的鬼不一樣，真正的鬼啊，是人類死掉後留下的一股能量。不過它們通常很少出現，看到的機率也很低，小碧不須要怕。」

「嗯，我不怕。」小碧乖巧地點點頭，「小燕姊姊看過嗎？」

「有呀，我和一般人不一樣，比較容易看到。」海燕說，「像我前天晚上就看到了，是個長頭髮的小女生，但沒有下半身……嗯，沒有腳。」

「沒有腳……那有尾巴嗎？」小碧歪著頭，稚氣懵懂地問。

「當然沒有了，人不會有尾巴的。」海燕糾正，「如果人有尾巴的話，那就變人魚了。」

「小燕姊姊有看過人魚嗎？」

「嗯……這是我們的小祕密，妳別跟人說喔。其實啊，我前天不只是看到幽體，還看到人魚。」心想小孩子根本不會懂得污穢的事，海燕也不介意說出自己的遭遇，「人魚走後不久，就換小女生幽體出現了。」

小碧睜圓的眼睛裡像寫滿驚歎。

「不過呢……」海燕無意識地攪拌著碗裡的玉米片，「那個幽體是纏著我認識的人……小碧，妳覺得我應不應該告訴白大哥？妳可能不記得了，就是妳之前曾在鬼屋裡嚇過的灰頭髮大哥哥呢。」

「爲什麼不應該？」小碧問，「小燕姊姊不是說過，要幫助有困難的人嗎？」

這句話就像醍醐灌頂，讓海燕頓時驅散眼前的迷茫霧氣，堅毅之色重新回到她的眼內。

小碧說的沒錯，她怎麼能因爲一場夢，就突然畏首畏尾的？白大哥或許會再像夢裡那樣冷漠地對待人，但她不能因爲這樣，就裝作沒有發現對方被幽體纏身了。

海燕本能地感覺得出來，那個幽體是纏著白烏亞的，而不是碰巧出現在碧野。

它是跟著白烏亞一起過來的。

「謝謝妳提醒了我，小碧。」海燕感激地說。

「不客氣。」小碧握著湯匙，綠寶石似的眼珠像在閃閃發光，亮得驚人，「因爲小燕姊姊先幫了我的，小燕姊姊眞的幫了我很大、很大的忙喔。」

看著那張天眞的稚嫩笑臉，海燕忍不住也害羞地傻笑起來，同時下定了決心，她要去找白烏亞，幫助他解決幽體纏身的問題。

她甚至做好心理準備，即便對方又像夢中一樣再次冷漠地推開她，她也要堅定地迎上前！幫助有困難的人，是理所當然的事！

海燕爲自己握拳暗暗打氣，想著待會就要聯絡那名灰髮青年，可緊接著她洩氣地發現……她沒有白烏亞的手機號碼。

海燕慢一拍地意識到，那名讓她牢記至今的青梅竹馬，在對待她的態度上似乎過於冷淡。不論是鬼屋外的再重逢，或是向他索要LINE；就連前晚的實習活動上，白烏亞對於自己直屬的關注，都比對她要來得多。

「小燕姊姊，怎麼了嗎？」紫髮少女突然表露在臉上的沮喪，讓小碧關心地問。

「沒事……」海燕搖搖頭，努力讓自己重新振作。

雖然沒有白烏亞的手機號碼，但她還是有毛茅的聯絡方式的。

海燕才剛想著要找毛茅替她約白烏亞出來，被她扔擱在一邊的手機冷不防傳來接連的短促音響。

那是收到訊息的提示音。

海燕撈過手機一看，是薛螢發來的，要約她放學後逛街。

海燕其實提不起勁，但還是答應了邀約。

被放回桌上的手機猛然又響動了兩聲。

海燕原本以爲是薛螢的回覆，可是當她看清手機上的名字，驚喜瞬時躍上她的眉眼。她沒想到居然這麼剛好，自己才在想著要找那名紫髮男孩，對方就先主動找上她了。

可以請妳幫我的朋友看看，有沒有幽體跟著他嗎？

海燕心念一動，馬上回想起那日秋河堂的聚會上，毛茅確實是問過一些幽體相關的事。

雖然不曉得他的朋友是哪一位，不過正好可以再請他幫忙約白烏亞出來。想到這裡，海燕眉開眼笑地飛快發了回應，和另一端敲定了見面時間。

就在今晚。

隨著夜色降臨，路邊的路燈也跟著一盞盞地亮起，提供了足夠的照明。

少女們的影子被燈光拉得長長的。

「唉唉，好煩喔……」薛螢的雙手枕在腦後，拖長了聲音，哀聲嘆氣地說，「爲什麼明天要上課啊……」

「學生的本分不就是上課嗎？」海燕低頭看著手機，細聲細氣地回話。

「天啊，妳好無聊喔海燕。」薛螢嘀咕著，「要不是我拉妳出來，妳估計能宅在家裡一整天……不過，我眞的須要靠逛街壓壓驚了。」

「壓壓驚？」海燕納悶地從手機裡分出一絲心神。

她在檢查小碧照片的分享數，比她預期的還要低許多，這讓她的心情染上了失望的顏色。大家眞沒同情心，爲什麼不肯幫幫別人呢？

薛螢撓撓自己的一頭短髮，「就這兩天，我作了很怪的夢……」

「嗯？」

「喂，海燕，妳有在聽我說話嗎？」

「我有聽到，妳說奇怪的夢。」海燕嘆氣，收起手機，有些懊惱日前的聯合實習上，自己怎麼就忘記找榴華除魔社的人幫忙呢？「是怎樣的夢？」

「就是有一片大海……」薛螢回想著夢中景象，由於兩天來都是同一個夢，讓她將夢境記得清清楚楚，「天空很暗，有月亮，海上被灑了月光。」

「聽起來很漂亮呀。」海燕說。

「我還沒說完……然後在大海中，有人。」薛螢皺著眉毛，「姑且先說是人好了……就是有人在海裡游泳，露出一顆頭，頭髮很長，一雙發光的眼睛在盯著我。最怪的就是……」

薛螢舔舔嘴巴，說出心裡的那一抹不安。

「她在向我靠近。」

「咴？」海燕訝異地轉頭看向自己的同學。

「很怪吧？我自己都覺得超怪的……」薛螢像是要將懋在心裡的鬱悶吐出般吐了一口氣，「她昨晚就游到我面前，猛地抓住我的手，把我拉進海中，嚇得我瞬間醒過來……老天，我還看到她有魚尾巴。」

「我覺得啊……」海燕細聲地提出自己的看法，「會不會是之前實習時碰上的事情影響的？不是有人說日有所思、夜有所夢嗎？那天大家都嚇到了，那個人形污穢又有魚尾巴，所以小螢妳才會作這種夢吧？」

「妳這麼說也挺有道理的……但我更懷疑是白烏亞帶衰，才讓我連作兩天惡夢。」薛螢唸唸有辭地說，「畢竟那天他也在場……算了，反正也只是夢而已……啊，等一下！現在幾點了？」

海燕連忙看一下手機，將顯示的時間報出來。

薛螢抽了一口氣，顧不得再向海燕抱怨夢境，她焦急地喊，「快快快，快陪我用跑的！要是錯過這班公車，妳就得再陪我等半小時了！」

半小時這數字讓海燕大吃一驚，「不行啦，我等等還跟人有約！」

「那還不跑快點！」薛螢催趕。

深怕遲到和趕不上公車，兩名少女連忙邁開步伐跑了起來。

卻沒料到薛螢跑得太急，一不留神絆到了腳，來不及穩住身勢，登時煞不住地往前傾。

「哇啊！」

聽見叫聲的海燕回頭看，正好目睹短髮少女跌倒在地。那一下摔得有點大力，讓後者發出了接近嗚咽的呻吟。

「可惡，好痛……」薛螢的眼眶忍不住紅了一圈，她狼狽地用雙手撐起身體，感覺膝蓋和手肘傳來熱辣辣的刺痛，「海燕，過來拉我一下……」

海燕站在原地沒動。

沒得到回應的薛螢不耐又不解地抬頭催喊道：「海燕，快拉我一下啊！妳幹嘛站著……」

剩下的音節薛螢沒有喊出來，她發現到紫髮少女明明是面對著她的方向，卻露出一臉悚懼至極的表情。

就連那雙淺綠色的眼睛，也不是盯著她。

而是……而是驚恐地看著她的身後！

就在這一瞬間，毛骨悚然的感覺攀爬過薛螢全身，甚至帶起她的雞皮疙瘩。四周忽然靜得針落可聞，反倒讓她的呼吸聲、心跳聲，還有吞嚥口水的聲音被放大了數倍，同時也讓她頭皮發麻。

有一縷毫無生氣的灰白髮絲從上空垂下，落入薛螢的視線內。

緊接著，凝結的寂靜被打碎。

海浪聲一波接一波地打來，在這條只有零星燈光的巷弄裡悠悠迴盪著。

嘩啦、嘩啦……

在這陣突來的浪濤聲中，還夾雜著細細的哼唱聲。

古怪的旋律幽幽地鑽入兩名少女耳中，伴隨著徹骨涼意，絲絲縷縷地鑽入了她們全身。

薛螢慢慢地、慢慢地仰高頭，她嘴巴張大，眼睛也越瞪越大。

駭恐充斥了她整張扭曲的面容。

彷彿被剝離大量色素的蒼灰色髮絲在空中漫天飄舞著，它們像具備意志的觸手，又像懸浮的蛛絲，形成了詭異的畫面。

而擁有這些頭髮的人……如果那能夠稱之爲「人」的話。

飄浮在薛螢和海燕眼前的，是一名上半身是小女孩、下半身是碩大魚尾的生物。初看之下，令人聯想到童話故事中的人魚。

可是這名有著小女孩外形的人魚，卻和童話裡描寫的美好截然不同。

她的大半臉孔被灰髮遮掩住，只露出了令人想到野獸的銀色豎長瞳孔，以及分布著灰色鱗片的無血色臉頰。

人魚咧開了嘴，露出上下兩排尖細密集的牙齒。她伸出兩隻蒼白的小手，鋒銳的指甲從指尖前伸冒出來，胸腔的位置缺乏皮膚覆蓋，暴露出森白的骨頭。

與其說是生物，她更像是……

怪物。

薛螢和海燕僵住身子，冷汗不受控地滲冒。她們都看見那個怪物下方路面上，平空遍布著形如黴斑的不規則紋路。

擁有人形，周身帶有狀似黴斑的污染現象……

那是已經被協會正式統一命名爲魔女……前一夜曾出現在碧野的人形污穢！

薛螢就像是手腳生了根，緊緊地黏在地面上，只能維持著脖子往上抬的姿勢。她想爬起來，可是身體完全不聽她指揮。

她彷彿是一隻被蛇盯上的青蛙，動彈不得。

「我知道不是妳們……」灰髮小女孩用哼歌般的語調說話，她在夜間竊笑著，「但是我得吃東西呀……」

灰髮後的眼珠骨碌骨碌地轉動，然後黏在了其中一個人身上。

她在看的人——

是薛螢。

這個認知讓薛螢的理智就像一條繃過頭的弦線，「啪」地斷裂開來。她恐慌地衝著海燕大叫，「救我！快過來救我啊，海燕！」

但是薛螢卻看到讓她目眥欲裂的景象。

紫髮少女在往後退，她在往相反的方向退。

「海燕！」害怕的淚水從薛螢眼中溢出，她拚命地朝海燕伸出手，「快拉我！」

「我沒辦法、我沒辦法的……」海燕蒼白著臉，喃喃地說，「小螢妳不是說……想再親自打污穢嗎？妳之前不是說打不過癮嗎？現在……現在就是機會了啊！小螢妳撐住！我去找人過來幫妳！」

海燕不再有任何躊躇，她轉頭就跑。

「妳等我！我去找人過來幫妳！」

將薛螢拋棄在海浪聲、歌聲，以及灰白髮絲的包圍之下。

恐懼的淚水滑落薛螢褪去所有血色的臉龐，她瞠大的眼眸底處，倒映出那截驟然翻轉成倒吊之姿，在空中與她面對面的身影。

死氣沉沉的灰髮朝四周飄揚開來，露出完整的一張臉孔。

人魚的笑臉蒼白又猙獰。

不敢置信和駭然扭曲了薛螢的五官，讓她眼珠子突出，像要掙脫出眼眶。

她看過這張臉。

「不、不可能！妳是——」

歇斯底里的尖叫聲瞬間爆開，又戛然而止。

一切化為死寂，只餘海浪聲和悠悠的歌聲徘徊在夜色裡……

海燕根本不敢往後看，她不知道身後發生什麼事，她只能一心一意地往前狂奔。

心臟在胸腔裡劇烈跳動，好似隨時會承受不住地爆炸開來。肺部則是像燒起了熊熊焰火，那股高熱的氣息直直往上蔓延，來到了喉管處。

海燕覺得自己連呼吸、連喘氣都是灼熱的，耳朵裡有聲音在嗡嗡作響。

她必須、必須快點找人幫忙，不然薛螢一個人撐不住的……是誰都好，快來一個人幫……

思緒亂糟糟的海燕沒留意眼前情況，猛地撞上了自轉角後走出的人影。

衝擊力道讓海燕往後踉蹌了幾步，她雙腿一軟，一屁股跌坐在地，仰高的臉龐淚痕閃閃。

這一刻，她的腦袋一片空白，只能驚惶失措地望著被她撞上的來人。

摀著鼻子的紫髮男孩放下手，一雙金黃色的眸子訝然地睜大。

「海燕？」毛茅吃驚地喊了一聲。

那一聲叫喚讓海燕乍然回過神，她眨眨眼，茫然的視野中頓地清晰烙印入一高一矮兩抹身影。

矮的是被她撞到的毛茅。

高的是……

「白、白大哥！」海燕立刻像兔子般蹦跳起來，她三兩步上前，急切探出的雙手想要一把抓住那名高大的灰髮青年。

白烏亞幾乎是反射性地往後連退了幾步。

「怎麼了？發生什麼事了？我們不是約在榴華附近碰頭嗎？」毛茅立刻伸手虛搭上海燕的肩頭，一來是擋下對方想再向前的腳步，二來是讓對方的注意力轉往自己。

海燕果然將目光移向了毛茅。她臉色蒼白，眼睫還掛著淚珠，一臉飽受驚嚇的模樣。

「發生什麼事了嗎？」毛茅耐心地再重複問一次。

紫髮男孩稚氣討喜的臉蛋，還有他關懷的語氣，都能讓人在無形中放下心防。

看著那雙圓滾又微挑，有若貓咪一樣的金澄眼睛，那些被壓抑在海燕喉頭中的驚惶，就像頓時找到了出口，迫切地宣洩而出。

「人魚……那隻在碧野出現過的人魚又出現了！」

「小螢爲了幫忙拖時間，一個人留在那裡獨力對抗……」

「求求你們幫幫她！」

海燕斷續的話語對毛茅他們而言，卻像是一道驚雷劈下。

金眸和藍瞳飛速對視。

「在哪裡？」白烏亞問。

「在……在後面，在後面的公車站牌附近！」海燕使勁擠出聲音，她的手用力地往後方一指。

白烏亞立刻疾奔而出，身形快如離弦之箭，一晃眼就不見了蹤影。

毛茅幫忙攙扶著雙腿發軟的紫髮少女，免得對方落單又遇上危機。

海燕似乎也意識到自己會拖慢毛茅的速度，倘若人魚還在那邊，那麼先行一步前往的白烏亞就可能會落入險境。

「你不用扶我沒關係，我可以的！」海燕焦急地說，「我們趕緊過去，不然……不然我怕小螢和白大哥都會……」

毛茅聽得出那未竟話語下的驚怕，他點點頭，立即和海燕一併加快了腳步。

海燕口中說的公車站牌，和她撞上毛茅兩人的地方並沒有離得太遠。

但是毛茅他們趕到的時候，只剩下白烏亞佇立在那。他手裡拄握著巨大的利劍，高大筆挺的身影有如一座堅固的城牆，以防敵人再現。

短髮少女失去意識，昏迷在地上。

人魚則是消失得無影無蹤。

「小螢！」映入眼中的畫面讓海燕尖叫。她焦急地衝至薛螢身邊，對方毫無動靜的情況讓她手足無措，最末只能無助慌張地望向毛茅和白烏亞，「她怎麼了……小螢怎麼了？」

白烏亞長劍崩解，形體化爲烏有。他搖搖頭，像是在回答海燕，可實際上是在回答毛茅眼神中的詢問。

毛茅即刻反應過來，在白烏亞趕來時，人魚就已經不在原地，僅留下薛螢一個人。

沒人知道這中間發生過什麼事。

雖說也有像林靜靜獨自碰上人魚，卻安然無事的例子，但是薛螢的昏迷並不像是一個好兆頭。

毛茅果斷地找了時衛。

沒有等上太久，那張天生貴氣的俊美面孔就出現在手機螢幕上。

除魔社的社長像是剛洗完澡，身上沾著水氣，正用毛巾擦拭著一頭濕漉漉的白金色頭髮，桃紅的眼眸懶懶地瞥視過來。

「小不點，幹什麼？」

「社長，蜚葉除污社的人遇上人魚了。」毛茅毫不囉嗦，直接切進重點，「麻煩幫忙確認一下。」

手機鏡頭很快轉向了喪失意識的薛螢。

時衛放下擦拭頭髮的毛巾，目光掃掠過短髮少女的全身。

然後他斂起眉眼間的懶散，簡潔有力地扔下一個震撼彈。

「通知伊老師，她的契魂沒了。」

第十章

這就像是一個註定不平靜的夜晚。

失去契魂的薛螢被伊聲和協會的人帶走，後續由他們負責接手。

原本海燕也該跟著他們一起走的，她是唯一目睹到前半段經過的當事人。然而她蒼白又驚魂未定的模樣，讓伊聲暫時打消了這個念頭。

這名少女現在更須要的是好好休息。

「毛茅，你們送她回去吧。」伊聲說，「魔女應該不會再折回來，但還是多注意安全，有事就聯絡我或你們澤老師。蜚葉那邊，自然也會收到通知。」

和伊聲他們道過別後，毛茅和白烏亞陪同飽受驚嚇的紫髮少女踏上返家的歸途。

毛茅瞥望一眼海燕，從對方的情況來看，顯然今晚是不太適合商討幽體的事了。碰巧對上白烏亞投來的視線，他做出了一個無聲的口形。

不好意思啊，學長。

——還沒辦法那麼快就讓你當上人生贏家。

似乎讀懂了毛茅的言下之意，白烏亞寡淡的神情裡閃過轉瞬即逝的溫和。

被兩人一前一後護在中央的海燕縮著肩膀，小聲地喃喃自語著。

「這太奇怪了……小螢才說她作了被人魚攻擊的夢，人魚就出現了……」

毛茅和白烏亞一凜。

「夢？什麼夢？」毛茅連忙問道。

「小螢她……她說她這兩天，都在作同樣的夢……」像是還未從方才的驚惶中脫出，海燕語氣有絲恍惚地說，「她夢到海，有人在海裡游泳……」

「是不是夜晚的大海，有月光灑下？」毛茅忽地說，看見海燕愕然地望著自己，他舔舔嘴唇，繼續說下去，「然後，有人越游越靠近？」

「你怎麼知道⁉」海燕瞪大了碧眸，「你也作這個夢嗎？」

「毛茅！」白烏亞的語氣混著嚴厲和憂心，就像在責備直屬為什麼之前不曾跟他們提起。

「不是我。」毛茅的心裡像是有石塊在往下沉，「……是靜靜。」

作這個夢的人，是林靜靜。

她同時也是第一個遇上人魚的人。

他們都以為林靜靜沒被人形污穢做上記號，卻沒想到原來人魚的記號根本就不在影子上。是夢境。

「薛螢還跟妳說過什麼？」白烏亞沉聲問道。

「我也、我也不是很清楚……小螢說，夢中的人越來越近，昨天就出現在她面前，抓住她的手，把她拉進海裡面……」像被白烏亞氣勢所懾，海燕結結巴巴地說，「還有尾巴……她還看到魚尾巴……」

毛茅心中的石頭猛地停止下墜。

「靜靜還沒被抓到。」他呼出一口氣，「她昨天還在跟我抱怨，夢裡的人影游得不夠近，根本看不見長什麼樣。」

白烏亞伸手輕拍了一下毛茅的肩膀，又迅速地收回，像是想藉由這個小動作安慰自己的直屬學弟。

「我來聯絡伊老師他們。」白烏亞說，「協會的人動作一向很快，不用擔心。」

毛茅點頭，隨後他注意到海燕目不轉睛地注視著某個方向。

海燕在看白烏亞。

紫髮少女盯得很用力，彷彿要在對方身上看出一個洞，她的眼裡有著化不開的驚訝和不解。

還沒等到毛茅問出口，海燕先出聲了。

「毛茅，你和白大哥這時候在一起……你想要我幫忙確認的人，就是白大哥，對吧？」

最慌亂的時刻已經過去，海燕終於有餘力思考其他的事。

原本這個時間點，應該是她和毛茅及那位不知名的朋友約好一起碰面的。而此時出現在毛茅身邊的是白烏亞，那麼那位朋友的身分，自然不言而喻。

「其實我前天在碧野的時候……」海燕不自覺地握緊自己的手，目光還是停留在白烏亞的身上，「在白大哥的背後，看到了小女生的幽體。我感覺到對方是跟著他的那種，但是……現在沒有。」

「沒有是指？」在幽體知識方面，毛茅只知道基本的，他虛心求問，「對方離開學長了嗎？」

海燕點點頭又搖搖頭，「現在這樣，應該是那名幽體的憑依物沒有在白大哥身上。前天白大哥可能是在不知情的情況下，帶著它出門。所以我……」

海燕本來是想說，她必須去白烏亞家裡看一看，找出那個憑依物。但醞釀好的話語尚未滑出舌尖，就被瘋狂震動的手機嚇得吞回去。

海燕有如驚弓之鳥地驚叫一聲，一會才發現那是自己的手機在響動。

螢幕上出現的名字，是海燕全然沒想到的。

「小碧？怎麼……」海燕關心的詢問還沒來得及問出口，霎時先轉為大吃一驚，「妳說什麼？妳說妳看到人魚出現又不見了!?」

這下子，連毛茅和白烏亞都結結實實地愣住了。

人魚為什麼突然出現又消失？

她想做什麼？她鎖定了新的獵物嗎？

小碧是她的新獵物嗎？

這些，毛茅他們都還無法確定。他們只能盡己所能地飛快趕往小碧現在的所在地點——花曜文創園區。

深怕那名紅髮小女孩出意外，海燕的手機全程都保持著通話中的狀態。

海燕想不明白，小碧在這個時候怎麼會跑到那麼遠的地方？她想大聲斥責怎麼可以如此不懂事，可又怕此舉會讓應該已經滿懷不安的孩子更加害怕。

唯一值得慶幸的是，小碧目前只是看到人魚一閃即逝，還沒和對方有過真正接觸。

海燕讓小碧找個燈亮一點的地方躲著，到他們趕過去找到她為止。

不同於白日的明亮溫暖，入夜的花曜文創園區充滿詭異的幽靜；營業時間已過的店家皆已熄燈，更讓園區裡少了人氣。

就連平時會漫步路間或蜷縮在陰影內的野貓，竟也全然不見蹤影。

被夜色籠罩的花曜文創園區內，透著一股古怪的壓抑氣氛。

毛茅他們根據小碧的描述，抵達了園區後半部分的藝術大道，那裡的路燈盡責地亮著鵝黃色的光芒。

但是，卻沒有見到那名紅髮小女孩的身影。

「小碧？小碧？」海燕心急如焚地喊，不停朝四周張望，「妳在哪裡？小碧！」

手機另一端此刻一片寂靜。

不祥的預感剛掠過毛茅和白烏亞心頭，他們就見到有誰慢慢地從陰影中走出來。

赫然就是小碧。

「小碧……」海燕鬆口氣，她想板著臉斥責，但又擺不出太過凶狠的表情，「妳沒事吧？妳一個人跑出來很危險的。我不是說過了，晚上不要隨便亂跑，我會幫妳找到妳妹妹的。」

「不是妹妹，是我的另一半。」小碧露出開心的笑臉，歡快的嗓音順著夜氣，清晰地進入了眾人耳內，「我終於找到她了，我找了好久，但是我找到了。」

「妳說……妳找到了？」海燕驚愕地張大眼睛，「妳怎麼有辦法找到的？她在哪裡？而且妳說錯了，要說是妹妹，不是另一……」

海燕還微張著嘴，但湧上喉頭的音節卻猝地卡著不動，像是有誰按下了無形的靜音鍵，消去了她的聲音。驚懍混著還來不及退去的關切，在她臉上形成了一張詭異的表情。

小碧像是沒瞧見海燕的異樣，她一步步地往前走著。

白烏亞沒有說話，他的肌肉繃成隨時都能展開戰鬥的線條，冰藍色的眼珠凌厲如刀。

「喔，臥槽……」毛茅喃喃地喊了一聲，手指果決地按下金屬手環上的一枚晶石。

回收場剎那間無聲無息地開啓。

受到無數光絲交織包圍的花曜文創園區，成爲了只被闃黑與青碧佔據的雙色世界。

紅髮小女孩像是沒瞧見周邊的異狀，繼續走向前。

小小的身子卻有種難以言喻的優雅風情，猶如踩踏著一場舞蹈。

而越往前走，她身上的色彩也漸漸剝落，衣物彷彿沾上無形的火，燒灼成片片灰燼。

紅髮成了死氣沉沉的灰白髮絲。

碧眸成了銀白色的針尖狀瞳孔。

健康的膚色成了病態的蒼白。

臉頰上攀爬上猙獰的鱗片，雙耳的位置由薄鰭取代。

走動著的雙腿漸漸消融輪廓，併成一條碩大的灰色魚尾。

飄浮在半空的漫天長髮宛若蛛絲，灰白的色澤像被剝離所有生機。

那曾親眼目睹過兩次的異形姿態，讓海燕如遭雷擊。她拚命地眨動眼睛，像是希望下一次張眼，就能發現一切不過是場錯覺。

然而她的期望並沒有發生。

「妳是……人魚？」海燕煞白了一張臉，震驚地瞪著那懸浮在空中的灰影。過大的衝擊讓她好半晌後才有辦法顫顫地擠出聲，隨後拔成不敢置信的尖喊，「妳不是人類!?妳騙了我……我那麼相信妳！」

「妳騙人，小燕姊姊。」人魚的說話有如歌唱，「我有學習過了唷，人類會願意信任某個人，是源自於對對方的了解。可是妳一點都不了解我，怎麼可能會信任我。」

「誰說的！我明明就……」

「就很了解我？」人魚歪了歪頭，嘴角拉出天真的弧度，「妳不知道『小碧』的全名是什麼，不知道『小碧』住在哪裡，不知道『小碧』的父母長怎樣，就連『小碧』有沒有雙胞胎妹妹都不知道。」

「我……」海燕試圖找話反駁，可是她什麼也找不到，因爲人魚說的那些，她通通都不知道。

「我有幫到人了，我做了好事，我和那些冷漠的人不一樣，幫助人是理所當然的事。我那麼努力地幫其他人了，就算沒幫完也不是我的錯，是事情太難了。其他人當然也該努力地幫我，小碧該乖乖地待在鬼屋嚇人，臉上難受也不能亂跑；高甜該用她家裡的力量大範圍搜索；小螢該擋下魔女，不能讓她追過來。」

對海燕越漸慘白的臉色和慌亂躲閃的眼神視若無睹，人魚咯咯地笑起。

「噢，魔女……你們對我等的新稱呼，我很喜歡呢。」

她咧開嘴，露出上下兩排密集的尖利牙齒，更多的灰白鱗片攀爬在她的兩頰邊。

「不管怎樣，我真的太謝謝妳了啊，小燕姊姊！謝謝妳幫我找到了我的半身！」稚嫩的嗓音不再，宛若野獸高亢咆哮的聲音從人魚的口中發出，在園區裡引發了一陣氣流的震盪。

就在這同一時間，白烏亞的背後倏地閃現出了模糊的輪廓。

起初只是散發幽幽光芒的線條，勾勒出一個藍白色的詭異人形；上半身清晰，下半身如同煙氣盤繞，凝塑不出完整的形狀。

「學長！」幾乎是反射性動作，毛茅猛地一把拽過了白烏亞，讓對方與那抹人形離得遠遠的。

「幽……是幽體！我果然沒看錯，有幽體纏著白大哥！」像是要極力忽視最深層想法被揭穿的難堪，海燕用盡力氣地大叫出聲。

毛茅的記憶力很好，在辨認人事物上也很有自信。

所以，當那抹外觀肖似小女孩的幽體霍地轉過頭，彎起詭異的笑容之際，他就想起來了。

自己在更早時就見過她——就在那一夜的十字路口，他們打倒那隻肖似銀色虎斑貓的污穢之後！

然而下一秒，令人震撼的畫面撞入了眾人眼內。

以爲是幽體的存在，轉眼竟有了變異。

藍白色的幽光「唰」地褪去，浮出清楚的五官，具體的色彩染上了人形的表面。

像是剝離所有生命力的灰白髮絲在夜色裡飄揚著，彷彿有看不見的氣流將髮絲托起。

胸腔位置暴露出森森白骨，令人想到冰冷大理石的慘白膚色一路蔓延至腰間，底下卻依舊是一團朦朧。

淺銀的針尖狀瞳孔、頰邊的灰白鱗片、從耳間位置垂下的片鰭，那是一張和人魚如出一轍的臉孔。

除了沒有下半身，這名從白烏亞背後顯現的小女孩，和人魚就像是同一個模子印出來一樣。

這絕對不可能是幽體。

那是什麼……過度的震愕奪去了海燕的發聲能力。她張著嘴，綠眸瞪得又圓又大，未知帶來的恐懼令她遍體生寒。

她下意識連退數步，想拉開與那兩個令她本能畏怕的存在的距離。但她退得太急切，反倒腳下一個趔趄，站不穩地摔跌在硬實的水泥地面上。

「過來吧，我的半身。」灰髮人魚伸出手。

與人魚擁有相同面容的灰髮身影，像受到吸引般也伸出了手。

兩雙手終於碰觸在一起，十指互相扣抵。

兩截人影終於相連在一起，成爲一隻共用一條尾巴的連體人魚。

饒是曾對上過小紅帽與長髮公主兩隻人形污穢的毛茅也不禁微張了嘴，金眸瞠圓。

兩張一模一樣的面容轉過來，對著毛茅他們咧開了冰冷又不懷好意的笑容。

那是一幕令人頓覺不寒而慄的畫面。

不知不覺中，四周的靜謐裡隱約滲入了異響。

宛如浪濤拍打上岸的聲音由小轉大，由模糊轉爲清晰，一波又一波地湧動著。

嘩啦嘩啦……嘩啦……

嘩啦……

下一剎那，無數粗大的水流平空驟現，環繞在人魚身邊。與此同時，海燕腳下更是出現了起伏的淺淺浪潮。

沿著地面前行的潮水淹漫至她身前，浸濕了她的鞋尖，海腥味傳進了她的鼻腔內。

她冷汗涔涔，全身卻像被看不見的力量綁縛住，連一根手指都抬不起，只餘眼睫毛恐懼地快速顫動。

浪濤伴同著空中的水流一塊飛舞，延展成巨大的水幕。

水幕裡開始有影像勾勒成形。

海燕錯愕地倒抽一口氣，她見過那些畫面，那是她……那是她昨夜作過的夢！

不同於她無聲的夢，小男孩和小女孩的聲音此時此刻近若在耳畔響起，字字句句清楚無比地滲透進夜氣當中。

當初她想知道的對話內容，再也沒有任何東西能阻斷它們的傳遞。

小女孩的熱切、錯愕、傷心。

小男孩的沉默、驚訝、拒絕。

通通都毫無保留地，呈現在現場三人的眼前、耳內。

「白大哥、白大哥，我不是說可以幫你找看看阿姨的幽體有沒有出現嗎？」

「妳不用做這種事，我之前有說。」

「那肯定是你在騙人的，你那麼想阿姨……我看到阿姨了喔，有長頭髮，就出現在你家附近，我相信那一定是你媽媽的幽體！」

「別去接近幽體。」

「你看你看，我爲你找到它的憑依物了，就是這枝筆！」

「妳拿走，我不要。」

「爲什麼？你不想念阿姨嗎？那是阿姨的幽體啊！」

「媽媽和幽體不一樣，留下來的不是我媽媽。」

「我都特地替你拿過來了……你怎麼可以不收下？」

「我不需要，真的。」

「你騙人、你騙人……白大哥好過分，人家明明都特意去找了！我都拿過來了啊！」

伴隨著傷心氣惱的大叫逸出，小女孩一時衝動下，用力伸手推倒了小男孩。

海燕瞳孔猛地收縮，身子無法抑制地顫抖，強烈的驚慄席捲上來，這和她夢裡看到的不一樣！

不是這樣的……明明是小時候的白大哥用力推開她！

水幕上的畫面依舊進行下去。

摔下階梯的小男孩撞到了頭，殷紅的鮮血迅速從那道傷口流淌出來，一下就染紅了白皙的額角。

小女孩看起來嚇傻了，手裡抓著的筆掉落在地，順勢滾下了階梯，骨碌骨碌地滾到了小男孩手邊。

倏地，散發著藍白色幽光的人形平空出現。

長頭髮、個子嬌小；上半身清晰，下半身卻是一團模糊。

小女孩終於意識到，當初遠遠瞧見的發光人形，根本不可能是小男孩的母親。她站在階梯上，滿臉驚恐地看著人形轉過頭來，臉上生成出一抹彎起的詭異弧度，接著化爲光絲，纏繞上了小男孩的身軀，再慢慢淡去……

小女孩挪動腳步，一步、兩步……她驚慌失措地轉身逃走了。

一片針落可聞的死寂蔓延。

海燕像是被這氣氛壓得喘不過氣，她揪著衣領，急促地呼吸著，她含帶一絲冀望地瞅向白烏亞。

然而灰髮青年面無表情，冰藍色的眼珠就像結了冰的湖面，沒有溫度，唯有寒氣不斷地散發。

海燕手指攢緊，她尋求幫助地轉望向紫髮男孩，可後者一貫的笑意被徹底抹去。

「不對、不對……我夢到的才不是這樣，是白大哥推開我！」海燕惶恐不安地喊，指甲深陷掌心，扎出了血痕，「那些是假的……是捏造出來的！」

「小燕姊姊，妳在說什麼？」連體人魚露出了兩張天真又嘲弄的笑容，「人類的記憶力，是最不值得信任的東西啊。妳見到的，跟妳想要記得的，它們是不同的兩回事。」

「不可能的，我根本不記得妳們說的這些……妳們在說謊！白大哥，她們在說謊！」海燕猛力地搖著頭，彷彿被逼迫到角落的小動物，再也無處可躲。

右邊的人魚側過臉，對著左邊的人魚竊竊私語。

明顯握有主導權的左邊人魚愉快地彎細了眼睛。

下一秒，有若歌唱的童聲飄繞在這處黑與綠的空間裡。

「爲了謝謝妳幫我找到我的另一半，妳不記得了，我們可以告訴妳唷。」

「我是主，我的半身是輔。」左邊的人魚說。

「我是輔，沒有了主，我就不再具備著自我。」右邊的人魚說。

「沒了意志的輔，誤以爲自己是幽體，她將那枝筆認定是她的憑依物。」

「然後妳帶走了我。」

「妳把她送到了有著非常棒的契魂的人身邊。」

「我喜歡他的血、他的氣味，我要把他當成我的憑依物。」

「她不喜歡有人靠近她的東西。」

「很不喜歡、很不喜歡，他們都該被趕走，而誰也不會發現我。」

聽不出差異的兩道嗓音，幾乎毫無停頓地一來一往，恍惚間就像是只有一個人在說話。

「那一天妳忘了、他忘了，但是她記得。」

「我看得很清楚啊。他流血了、他回家了、他昏倒了；妳逃走了、妳回家了、妳發燒了。

然後……」

兩道嗓音完美地疊合一起。

「你們都忘記了。」

毛茅的呼吸停頓了一瞬。

這些年纏住白烏亞的，根本就不是幽體，而是不具備意志的魔女殘片。

她把白烏亞當作自己的所有物，驅趕任何想靠近他的人。那些層出不窮的小意外，還有動物對他的排斥、敵意，以及天生的畏怕……

而她所謂的不具備自我，恐怕也等於核心是在主體上，才會沒有任何除穢者察覺到她的存在。

包括白烏亞。

至此，一切都有了答案，一切眞相都解開了。

但更讓毛茅心裡驚異的是，原來從那麼早開始……人形污穢就已經存在了嗎？那麼這中間為何又沉寂，一直到小紅帽的現身？

太多的問題在腦海中翻覆，隨後被毛茅毫不遲疑地通通推到一邊。

現在最重要的並不是這些。

毛茅迅速看向白烏亞，後者的臉上罕見地流露了一抹怔然。就連他自己都沒有想過，這些年來讓他的人生陷入如此境況的原因，竟然是始於那段被他遺忘的記憶。

可很快地，白烏亞就注意到毛茅的目光。他朝小學弟微微搖了下頭，表示自己很好，不須要擔心。

震驚是有的，覺得荒謬是有的，匪夷所思也是有的。但更多的情緒，似乎就沒有了。

那名跌坐在地上，面無血色、神情惶惶的紫髮少女，並沒有能引發那些的重量。

白烏亞的平靜落入海燕眼中，對她卻有如是一記響亮的巴掌，同時更像是火星，點燃了她的委屈、不平、忿恨，最後燒出了歇斯底里的指責。

「我明明就沒有做錯……幫助人有什麼不對！」海燕劇烈地喘著氣，淚水滲溢出眼眶，「我只是想幫助白大哥而已，是白大哥……是白烏亞自己不好！」

紫髮少女像是發洩一切般尖叫出聲。

「被魔女纏上明明就是他自己的問題！誰知道他會那麼活該倒楣！」

她只是好心。

她只是好意。

那又不是她的錯！

「妳站起來！」毛茅嚴厲地喝道，那張青稚的臉蛋褪去所有笑意，竟是冷漠得可怕，令人望而生畏。

那股氣勢讓海燕像被燙到似地瑟縮一下，驚惶的淚水在眼中打轉。她就像受制於毛茅的威壓，僵硬又緩慢地撐起身子，緊接著……

她趺趺撞撞，卻毫不猶豫地朝著和人魚相反的方向狂奔。

說時遲、那時快，連體人魚一擺動魚尾，挾帶無數水流朝著白烏亞和毛茅呼嘯而來。

但是就在逼近他們面前的剎那——

水流「嘩」地解體，人魚灰白色的身影驟然消失。

那是在瞬間發生的事。

從開始——

洋溢著不祥和病態的連體人魚再出現，就是在海燕的面前。

「我們眞的太感謝妳了，小燕姊姊。」兩道細細的嗓音呢喃，像毒蛇嘶吐著舌信。

海燕動彈不得，可她能清楚無比地感受到傳遞到身上的冰涼。

有兩雙手分別纏上了她。

一雙捧住她的臉。

一雙摟住她的肩膀。

兩張一模一樣的蒼白小臉看著她微笑。

長如蛛絲的灰髮垂下，遮住了左邊人魚的臉，也遮住了海燕的臉。

——到結束，只不過是眨眼間。

紫髮少女的身軀霍然趺落，癱軟至地面，雙眼緊閉。

兩名宛如鏡像的灰髮小女孩握住彼此的手，十指相嵌入彼此的指縫中。

如同展現一般，她們一人張嘴，伸出舌頭，舌尖上有一朵淺紫色的小花；一人腮幫子鼓動，有如在咀嚼著什麼。

她們同時做了一個吞嚥的動作，喉頭滾動。

咕嚕一聲，吞了下去。

「謝謝招待啊，小燕姊姊。妳半吊子的善意很好笑，但妳的契魂和舌頭都很美味呢。」

她們竊竊私語，咯咯低笑。

下一瞬，兩雙銀白的眼瞳剎那間化爲蒼白焰火，猛地鎖定住那一高一矮的人影。

兩張找不出相異之處的面容上，彎起了猙獰瘋狂的笑容，青稚的嗓音疊合成最殘酷的雙重奏。

「現在，你們準備好爲我們奉上血肉了嗎？」

《除魔派對3》完

後記

總之先來個土下座！

上一集說好要讓你們看黑琅的人形，結果要等到下一集了……

對不起了，各位QQ

烏鴉的故事比預想的長了點，他和毛茅要如何聯手對抗連體人魚，請讓我們下集待續！

雖然沒辦法讓你們搶先看到超帥的黑琅人形，不過夜風大已經先畫好了，眞的超級帥，我就先幫你們好好欣賞了。

讓我們再回到本集的故事劇情上，雖然不像蘇枋強烈地表現出跟蹤狂特質，但是海燕這個角色在描寫上，也讓我煩惱了不少時間，常常寫了幾段又打掉重來。

從她的言行和態度上來看，她看起來是喜歡幫助人的個性，然而人魚的一句話點出了她最大的問題——半吊子的善意。

海燕想幫人，卻沒有相對能力。而等她發現這個問題，她的做法是撇下不管，轉身逃跑。

她不認爲自己哪裡有錯，但也是這樣的不自覺，才會讓烏鴉多年來都陷入那樣的困境裡。

不過有我們的毛茅在，大家不須要擔心烏鴉學長的XD

而和海燕一樣是重要角色的人魚，對於我和夜風大也都是新的挑戰，因爲這次不是雙子，而是連體了！

夜風大很精準地抓住人魚古怪又蒼白的感覺，但又保留住小女生的那種稚嫩，一言以蔽之，就是讚！

下一回，除了將是和人魚的最終決戰，也將會陸續解鎖新角色。

花梨學姊口中提過的黑梟在本回正式露臉，而那兩位至今名字尚未曝光的除魔社社員……咳，請再等等，他們也有很重要的戲分的，信我。

當然還有海冬青，他以前究竟是如何與毛茅和黑琅相遇的？這部分也會在之後提到的喔。

最後，請讓我們一起來讚歎夜風大、感恩夜風大，卷三的烏鴉學長眞的帥到炸！

我們下一集見了～

附上感想區的QR碼，對於「除魔1、2、3」有什麼想法，都歡迎告訴我。

醉琉璃

除魔派對熱鬧感想搖滾區QR Code
歡迎大家上來聊聊唷！

【下集預告】

除魔派對

面對力量驚人、來勢洶洶的連體人魚，
毛茅和烏鴉學長就要陷入險境。
危急時刻，雙毛出場，奮力護主，
爲了拯救鏟屎官，有貓即將帥氣變身！

人魚的消亡不是結束，而是更多謎團的曝光。
人形污穢竟在多年前便有跡可循？
爲了獲得答案，毛茅將解鎖新地圖——
攻略「除穢者協會的神祕分部」！

下一回，〈黑鳥占卜今日凶〉

2018.夏，預計出版！
小心，毛茅將有……桃花難!?

國家圖書館出版品預行編目資料

除魔派對.vol.3,烏鴉啼鳴末小吉 / 醉琉璃 著.
——初版. ——台北市：魔豆文化出版：蓋亞文化
發行，2018.04
面； 公分.（Fresh；FS153）
ISBN 978-986-95738-5-6（平裝）
857.7 107004813

除魔派對 vol.3 烏鴉啼鳴末小吉

作　　者　醉琉璃
插　　畫　夜風
封面設計　莊謹銘
責任編輯　黃致雲
總 編 輯　沈育如
發 行 人　陳常智
出 版 社　魔豆文化有限公司
發　　行　蓋亞文化有限公司
地址：台北市103赤峰街41巷7號1樓
電話：02-2558-5438　傳真：02-2558-5439
電子信箱：gaea@gaeabooks.com.tw
投稿信箱：editor@gaeabooks.com.tw
郵撥帳號 19769541　戶名：蓋亞文化有限公司
法律顧問　宇達經貿法律事務所
總 經 銷　聯合發行股份有限公司
地址：新北市新店區寶橋路二三五巷六弄六號二樓
電話：02-2917-8022　傳真：02-2915-6275
港澳地區　一代匯集
地址：九龍旺角塘尾道64號龍駒企業大廈10樓B&D室
電話：+852-2783-8102　傳真：+852-2396-0050
初版一刷　2018年5月
定　　價　新台幣220元
Published and printed in Taiwan

ISBN 978-986-95738-5-6

魔豆

魔豆